母亲的岁月

MUQIN DE SUIYUE

陈鑫明 著

成都时代出版社

CHENGDU TIMES PRESS

图书在版编目（CIP）数据

母亲的岁月 / 陈鑫明著. -- 成都：成都时代出版社，
2019.7（2022.1重印）
    ISBN 978-7-5464-2465-1

    Ⅰ.①母… Ⅱ.①陈… Ⅲ.①传记文学-中国-当代
Ⅳ.①I25

中国版本图书馆CIP数据核字（2019）第 146507 号

母亲的岁月
MUQIN DE SUIYUE

陈鑫明　著

出 品 人　李文凯
责任编辑　兰晓鋬鋬
责任校对　江　黎
出版策划　蓓蕾文化
责任印制　李茜蕾

出版发行　成都时代出版社
电　　话　（028）86619530（编辑部）
　　　　　（028）86615250（发行部）
网　　址　www.chengdusd.com
印　　刷　四川新恒川印务中心
成品尺寸　165mm×240mm
印　　张　13
字　　数　260 千
版　　次　2019 年 7 月第 1 版
印　　次　2022 年 1 月第 2 次印刷
书　　号　ISBN 978-7-5464-2465-1
定　　价　36.00 元

《母亲的岁月》这部传记，记述了罗江明（1922—2016）94年的生活经历。

罗江明，1922年腊月十九生于重庆市永川县（今永川区）乐善乡大磨场堰塘坎屋基。父亲罗永山，母亲张氏，兄弟罗江树（后改名艾树全）。

永泸乡有她童年时的足迹，有她青年时的困惑与梦想。23岁嫁到陈家，九块田成了她一生的牵挂。上有祖母、婆婆，下有小叔子、小姑子和三儿一女，还有丈夫及大房周氏。丈夫生病难以支撑家业，全家生活重担由她一人挑起。先后送走了一个又一个老人，丈夫中年病逝，历经风雨四十余年，含辛茹苦将儿女抚养长大，直至他们成家立业。

罗江明生平遵忠孝礼义，行诚信待人之道，乐善好施，秉承家风，和睦邻里，口碑载道，妇德坤维。

九十寿庆，感言党恩。晚年心愿，新房建起，叶落归根。宗亲来贺，一门荣庆。2016年七月初十，罗江明在九块田家中病逝，享年94岁。后人追恩。

1949年12月3日，泸县解放。一个中国农民的母亲，深信一生一世跟着共产党，农民的日子会一天天好起来，过上幸福生活。

如果说，母亲的岁月犹如一块肥沃的土地，那么每一寸地都是母亲梦的根，每一滴水都是母亲人生梦的源泉。有梦的母亲将种子播撒，当庄稼长出来时，生活从此有了希望，日子有了盼头。

如果说，母亲的岁月犹如一首穿越世纪的短曲长歌，那么这首歌唱出了近百年的时事变迁、悲欢离合、家国田园。母亲用一生的爱，一生的情，一辈子的日子逐梦美好的家园。

如果说，《母亲的岁月》记述的是一个普通农民家庭的日子，那么是家园把罗家、艾家、陈家人联系在了一起，在潮起潮落、兴衰沉浮时，是改革开放改变了中国农民的命运，让母亲安享晚年幸福生活。

如果说，《母亲的岁月》是一部关于农民的史册，那么，农民就有了盼头，农村就有了奔头。母亲的愿望、儿女们的向往，筑成了中华民族伟大复兴的新的长征之路。

母亲是一种岁月 (代序)

　　少年的时候，对母亲只是一种依赖；青年的时候，对母亲也许只是一种盲目的爱。只有当生命的太阳走向正午，人生有了春也有了夏，才对母亲有了深刻的理解、深刻的爱。

　　我们也许突然感悟，母亲其实是一种岁月，从绿地流向一片森林的岁月，从小溪流向一池深湖的岁月，从明月流向一座冰山的岁月。

　　随着生命的脚步，当我们也以一角尾纹、一缕白发，感受母亲额头的皱纹、满头的白发的时候，我们竟难以分辨：老了的，究竟是我们的母亲，还是我们的岁月？我们希望留下的究竟是那刻骨铭心的母爱，还是那点点滴滴、风尘仆仆、有血有泪的岁月？

　　岁月的流逝是无言的，当我们对岁月有所感觉时，一定是在非常深沉的回忆中；而对母亲的牺牲真正有所体会时，我们也一定进入了付出和牺牲的季节。

　　有时我在想，母亲仅仅是养育了我们吗？倘若没有母亲的付出，母亲的牺牲，母亲巨大无私的爱，这个世界还会有温暖、有阳光、有沉甸甸的泪水吗？

　　我们终于长大了，从一个男孩变成一个男人，从一个女儿变成一个母亲。当我们以为肩头挑起责任也挑起命运的时候，当我们似乎可以傲视人生的时候，也许有一天，我们会突然发现，我们白发苍苍的母亲正以一种充满无限怜爱、无限关怀、无限牵挂的目光从背后注视着我们。我们会在刹那间感到，在母亲的眼里，我们其实永远都是婴儿，我们永远是母亲怀里那个不懂事的孩子。

往往是在回首的片刻，在远行之前，在离别之中，蓦然发现我们从未离开过母亲的视线，从未离开过母亲的牵挂。"谁言寸草心，报得三春晖。"我总在想，我们又能回报母亲什么呢？

母亲是一种岁月。无论是我个人的也许平庸也许单纯的人生体验，还是整个社会前进给我的教诲和印证，在绝无平坦而言的人生旅途上，担负最多痛苦、背着最多压力、拭去最多泪水，但仍以爱、以温情、以慈悲、以善良、以微笑，对着人生、对着我们的，只有母亲，永远的母亲！

于是我便理解了，为什么这么多哲人志士，将伤痕累累的民族视为母亲，将滔滔不绝的江河视为母亲，将广阔无垠的大地视为母亲。

因为能承受的，母亲都承受了；该付出的，母亲都付出了。而作为一种岁月，母亲既是民族的象征，也是爱的象征。

也许因为我无法回报流淌的岁月所赐予我的，所以，我无时无刻不在爱着我的母亲，我的老母亲。在我的眼里，母亲是一种永远值得洒泪感怀的岁月，是一篇总也读不完的美好故事。

张建星

2019 年 7 月

（序者系《人民论坛》专栏作家）

前　言

母爱，是人类思想史上最伟大、最圣洁、最神奇的乐章。

母亲对儿女的爱，在人类社会发展史上具有特殊的地位；母爱渗透到社会意识领域，对传统的道德文化产生了巨大影响。

婴儿出生的第一声啼哭，总是与母亲阵阵呻吟俱来的。孩子到来的那一日乃天下"父忧母难之日也"，此话是何等的生动深刻啊！十月怀胎，一朝分娩，无限艰辛，只需一声婴啼，母亲就满足了，就忘了过去的一切痛苦并对未来充满甜蜜的向往，从此决心与子女相依为命。母亲对儿女无悔的付出，让爱在这里扎根，儿女对父母的孝顺之心如同种子也从此萌芽。

儿女是母亲的骨肉，儿女是父母亲生命的延续，父母亲是子女的本体和命根。孝礼、孝义、孝顺、孝敬，是子女本性的自然反应与归结，诚可谓之天经地义也。

母亲对于人类生存发展付出了最艰辛、最执着、最无私的贡献。母亲对血脉延续，人丁兴旺付出苦与累，付出血与泪，付出汗水与乳汁，付出一辈子的温暖与慈爱，付出一辈子的欢笑与愁忧。

慈母手中线，游子身上衣。

临行密密缝，意恐迟迟归。

谁言寸草心，报得三春晖。

　　唐代大诗人孟郊的《游子吟》一诗，不仅吟出与千万游子一样的情思，而且唱出了广大儿女的共同心声，因此，千百年来为人们所喜爱。若翻阅古籍，白居易的《母别子》、陈去疾的《西上辞母坟》、朱熹的《寿母生朝》、洪皓的《出使忆母》、袁易的《送潘鹤胪归侍母》、僧与恭的《思归忆母》、邵宝的《忆母》、张垁的《九月忆母》、沈明臣的《别母》、方维仪的《独归故阁思母太恭人》、黄景仁的《别老母》、毛泽东的《祭母文》、朱德的《回忆我的母亲》……千古万世咏母亲、颂母德、唱母爱，形成了恒久的人性交响曲和文明主题歌，极大地丰富了母爱文化，母爱的伟大与崇高，可比天齐，可比海深。

　　从中国到世界各地，人们以各种语言来同声赞颂母亲的伟大、母亲的神圣。母爱是最执着的爱，"儿女是母亲的骨肉，从母亲心里生出，因此，母亲热爱儿女超过其他的亲属"（印度史诗《罗摩衍那》）。母爱是最伟大的爱，最深细的爱。"母亲生儿疼女恩情最大，有时怒斥儿女亦是出于恨铁不成钢。若见儿女孝敬，愿讲从善乐施，为母亲的岂有不欢欣之理。"（缅甸·信摩诃拉塔达那《九章》）母爱是最圣洁的爱，最神奇的爱。"母亲把儿女搂抱、亲吻，像天使般美丽、神圣。在母亲身旁，精神变得高洁；在母亲跟前，心灵变得纯正，体贴慈爱，真是崇高的生灵，还有什么能比母亲更伟大神圣？祝贺你啊，圣洁、仁慈的母亲，生命在你身上，多么完善可敬。"（突尼斯·沙比《生命之歌·神圣的母爱》）

　　毛泽东在《祭母文》中写道：

……

吾母高风，首推博爱。远近亲疏，一皆覆载。

恺恻慈祥，感动庶汇。爱力所及，原本真诚。

不作诳言，不存欺心。整饬成性，一丝不诡。

手泽所经，皆有条理。头脑精密，劈理分情。

……

毛泽东在《祭母文》中，回想起童年的件件往事，慈母的形象浮于脑际，悲痛中，毛泽东席地而坐，挥笔写下这篇祭母文。

　　朱德在《回忆我的母亲》中，以无限的深情赞颂母亲的优秀品德，寄托自己的哀思。朱德在文中写道：

　　……得到母亲去世的消息，我很悲痛，我爱我的母亲，特别是她勤劳的一生，很多事情是值得我永远回忆的。

　　……

　　我应该感谢母亲，她教给我与困难作斗争的经验……

　　我应该感谢母亲，她教给我生产的知识和革命意志，鼓励我以后走上革命的道路。在这条路上，我一天比一天更加认识：只有这种知识，这种意志，才是世界上最可宝贵的财富。

　　……我用什么方法来报答母亲的深恩呢？我将尽忠于我们的民族，尽忠于我们民族和人民的希望——中国共产党，使和母亲同样生活着的人能够过上一个快乐的生活，这就是我要做到的和我一定能够做到的。

　　人非草木，孰能无情？父母生养教育儿女，千辛万苦，子女岂能无孝敬父母之心。孔子说："爱亲者，不敢恶于人；敬亲者，不敢慢于人。爱敬尽于事亲，而德教加于百姓，刑于四海，盖天子之孝也。《甫刑》云：'一人有庆，兆民赖之'。"（《孝经》）

陈鑫明

2019 年 7 月

目 录
CONTENTS

第一章

湖广填川移民来　罗氏落业松溉场

　　明朝洪武十五年，即 1382 年，朱元璋在户部的奏折上诛笔一挥，四川重庆府古昌州因江河有三汇至大江东流而改"永川"名。到了明成化年间（1465—1486年)，明宪宗朱见深又为《重庆府志》题名，以示皇恩惠及万民。从此古昌州境内有"来苏""乐善"二乡之名。

　　明末清初，湖广填四川，移民从岭南、两广、山西、陕西出发，加入填川大军的行列，经水路、陆路的千里跋涉，历尽千辛万苦，进入巴山蜀水来到古渝州重庆，被安置在永川与泸州交界的凤仪乡、乐善乡、来苏乡插占落户，垦荒圈地，世世代代居住于此地。

　　仙龙、寒坡、大磨、粉店、张家、五间、盛水、茯苓、永泸、王坪、来苏、朱沱、松溉……成为移民先辈的生活圈子。与乐善乡、来苏乡一箭之地的泸州凤仪乡、里仁乡的立石场、万寿场、土主场、宝峰场、毗卢场、中兴场、仙佛场、玄滩场……成了客家人走人户、串亲戚、买乡音（买东西）的地方。就连泸县安贤乡的青狮场、云锦场、石马场，更远一点的麟现乡、小市、泸州城也是他们向往的大地方。

罗姓落业川东松溉大码头

　　从湖广填川入泸南插占的罗氏家族，为躲兵乱，从泸州安贤乡又迁永宁府，走赤水、习水、蔺州安置。直到洪武八年（1375年）吴登启出任泸州分巡佥事，奉朱元璋之命，在泸州所辖各州、县贴《招民榜文示》，动员离乡背井的民众归里田耕，并以归故里的六条理由劝告泸州流寓他乡之民返回。

罗姓先祖尚，将泸州地方最高官员吴大人的招民文告仔细阅读：

尔等鸿飞肃肃，岂不思归？盖虞集泽未安，故回翔而复逝。

目今度之，可以归矣！赫三师，天心助顺逆贼。灭此朝食，可归者一；

本道十年蜀吏，洞悉民艰，六腑皆春，一腔似水，虽参加法司而正宪，必偕民牧以求刍，可归者二；

总府效金城方略，兵民两安，间有往来宪兵，过而不扰，可归者三；

州城当水陆之衢，驵氏居货，贾人通货，舳舻上下，生意甚饶，可归者四；

吉甫兴周人杰也，鹿山献瑞地灵也，不必择土卜邻，但旋故里，处处安居，可归者五；

江之南北皆沃垆，力能福彼丰草，种我嘉禾，何难以积千仓而盈百室，鸡犬桑麻之景只在目前，可归者六。

可归而不归，意或曰"悬孤志远，何必怀此江城？"乐土堪怡，聊以栖迟衡泌。独不闻万派寻源仍会海，千枝落叶必归根？又不闻梁燕营巢知旧宅，老狐泥首不忘丘？何必舍己之父而谓他人之母。丧家狗尾篱下频摇，鹳宿枝头自矜得所。祖宗墟睨如紫塞骷髅，世守田园抛若边陲赤地，扪心自问能不醒悟然！

粤稽西汉曾移侠士郭解以实关中之旷土，迨我国初亦移麻城孝感之民以实富荣二邑，今固不能移外籍之民于江阳，亦安得空江阳而游尔民于外籍？

噫嘻，双塔云封，六门烟锁，西峦静峙，东水空流！以三巴扼要之名区，鞠我茂林修竹六十千额赋一缙之贡莫供，数十万丁男，三尺之童安在？连云甲第堪嗟灰烬之系，四望田庐意作虎狼之穴。

本道若绘图以献，纵不得仿移民之例，岂任尔等久假而不归？况天地有人乃成三才，郡伯绾符总为民社，尔等不归，则社似培丘，城如瓯脱，虚受牛羊之托，徒麇司牧之肱，将使蘜蓄畜于石田，责空桑以杼柚，胡可得哉？

示后速整归装，士农工商各人有业，乡村城市无地不春，尔民所好欲得所恶欲祛。口不能言本道心诚，求之条陈具报，议革议兴；蠲杂差力役之烦，戢游卒黠胥之扰，严厉奸宄，敢云白日青天，慈抚善良愿作和风甘雨，生聚教训次第观成，所谓既远来之必安之也。

其挂名戎册者原末食粮，非衰甲者比，只以棠荫不及于逆旅，乃借庇于细柳之阴，倘愿明农列镇，自有宽典。

本道滥竽巡南，驻旌江上，昨冬以来，餐鲁公之贷米，坐诸葛之草庐，麾鹿豕以为民，呼木石以为吏，上体庙堂宵旰，下怜州制沉沦，日识归鸿如母念子，是用心啮指告尔泸人：庶希倦飞而知达，毋或袖然而充耳。

先祖乾隆年修家庙罗天寺

罗尚读后为之一惊一喜。惊的是朝廷为招民还泸回宅，道尹吴大人用心良苦，榜文字字如心如血；喜的是朝廷为招讨士农工商回原籍，还提出了一系列的优越条件，优厚的待民之策，如今不率儿孙们返乡还待何时。罗尚当即与族人商议，择日从遵义府辖的各邑乡里子孙结伴返乡。

在从外地返乡的人流中，不仅有罗氏子孙，还有陈姓、张姓、艾姓、王姓、黄姓、李姓、孙姓、朱姓、萧姓、蓝姓、刁姓，胥氏、谢氏、刘氏、史氏、周氏、夏氏、管氏、杨氏、吴氏……因战乱、瘟疫、灾荒离乡出走的民众，在朝廷招民还乡的各种优惠政策下，再一次扶老携幼，踏上归途。儿子的扁担一头挑着老父，一头挑着老母，儿女牵扶，推着独轮车，背上干粮、包袱，杵着竹竿，拿上锅灶，带上护院的狗，脚穿草鞋，头扎汗巾，腰系绳索，一路又回川南，分别回到当年入川始祖落业的家园。

《罗氏谱牒》记载，入川始祖罗尚，由湖广填川，从明朝中叶，经罗俊、罗习到罗文思，为乾隆三年（1738 年）四川解元，举孝廉方正，朝廷钦赐六品职衔，任陕西商南、蒲城知县，商州、直隶州知州，贵州石阡知府、贵西道员。为官兴政、爱民如子，兴利除弊，所至州县声政卓然。著有《学文半亭文集》《乐志园诗集》等，活了 89 岁，嘉庆十三年（1809 年）入祀乡贤祠。有"合江八景诗"传世。

罗文思的裔孙大多居住在他为官的石阡、黔西、永川、泸县、合江和赤水、习水、叙永、古蔺等地。其中泸县海潮乡高店铺罗氏祠堂中还保存清乾隆甲辰年（1784 年）朝廷赐予罗文思的匾。清嘉庆、道光、咸丰、同治、光绪、宣统期，罗氏一门为地方望族。

《直隶泸州志·人物志》中载，文思祖罗俊妻张氏，年 26 岁守节、抚子，守节 61 年，乾隆四十六年（1781 年）朝廷旌表节孝，故里建坊。罗文秀子，经学官翰林院庶吉士。罗氏一门进士、举人、秀才层出不穷，为官者达十余人，为泸南名门。乾隆中，因罗文思为州官升知府，罗文秀之子罗元世入翰林院，地方七老八贤具报四川总督，呈户部、礼部奏请皇上批阅，修家庙"罗天寺"。为祭天地君亲师，"罗天寺"为罗氏家庙，在泸县与永川交界处为之十方丛林。

"罗天寺"为三重大殿，始建于清康熙八年（1669 年），因天子南巡，路经罗家，见这儿地貌奇特，前有泸水，后有万山，左右有大路犹如万人担山，称为"罗山"。后罗氏先祖为纪其事，兴工庀材修建成大庙，山门有联云：

庙貌与天齐，云来云去风不定，无异空中楼阁；
神工从地起，花开花谢景常新，真乃蓬莱仙境。

是谁将眼孔放开，看得穿大千世界；
到此脚跟要站稳，才许入不二法门。

问西方佛经几时南来，只凭两字慈悲，与文武圣神食千古；
看东流沱水到此北析，突出数峰光怪，有蛟龙雷雨鼓百灵。

忠臣魂，烈士魄，英雄气，名贤手笔，菩萨心肠，合古今天地之精灵，同此一庙莲台；
泸水烟，沱江月，永宁涛，忠山斜阳，乐登瀑布，挹南北东西之胜景，全凭两眼收来。

一瓦一椽，一粥一饭，檀那脂膏，行人血汗，尔戒不持，尔事不办，可惧可忧，可嗟可叹；
一日一时，一月一年，流光易度，幻影匪坚，凡心来了，圣果未圆，可惊可怖，可悲可怜。

罗天寺第三殿是罗氏家族祠堂，为祭祀祖宗之所。《礼记·王制》中说："天子七庙，三昭三穆，与太祖之庙而七。诸侯五庙，二昭二穆，与太祖之庙而五。大夫三庙，一昭一穆，与太祖之庙而三。士一庙，庶人祭于寝。"朱熹言：周礼建国之神位，左宗庙，则五庙皆东南矣……盖太祖之庙，始封之君居之。昭之北庙，二世之君居之。穆之北庙，三世之君居之。昭之南庙，四世之君居之。穆之南庙，五世之君居之……太祖之庙百世不迁，自余四庙，则六世之后，易一世而一迁。

宗庙，举行祖先祭祀外，有"月祭"（每月初一、十五）和"四时之祭"（春曰礿，夏曰禘，秋曰尝，冬曰烝）。后来，理学盛行，儒家"三纲五常"伦理道德观念视"孝"为百行之首，生民之德莫大于孝。朱熹在《家礼》中规定，祠堂祀奉高祖、曾祖、祖，称"四世神主"。明代规定祠堂沿朱熹《家礼》之旧制，庶人可以祭祀祖父母、父母。故神龛上就有了"天地君亲师位"和列祖列宗之先人牌位。

祠堂成为家族具有凝聚力的象征。祠堂之设，为族人尽本返始之心，尊祖敬宗之意，实有家名分之首、开业传世之本也。

《陈氏族谱》记载，宗祠正殿悬挂"慎终追远""世泽流长""振兴家声"长匾，有联云：

勋业有光昭日月，功名无间及子孙。
已后儿孙承福德，至今黎庶念罗府。

每年清明、冬至，家族举办盛大的祭祖活动，族长、族正、各房房长穿戴整齐，神态安详，族人裔孙从四面八方聚集到祖先神灵安息的祠堂、佳城墓地进行宗亲祭祀大典。其典隆重，弥漫着静穆肃严的气氛。在宗法血脉关系浓厚的祠堂中，"祭之以礼"。崇拜祖先成为各姓氏子孙强烈的信仰、信念和家族精神支柱。这种思想，强化了崇拜祖先的意识，巩固了"慎终追远"的文化传统。

家神上书刻的："天之高，地之厚，国之安，亲之养，母之恩，位之稳"十六个鎏金大字为家族之风，家族之训，家族一规，传承延续至今。

永川乐善仙龙大磨寒坡场

永川县乐善乡、来苏乡紧靠泸州的里仁乡、凤仪乡，四乡同天同地，同山同水，一条成渝间的东大道连通四乡，东大道的东大路、中大路，一条条蛛网状的三尺石板路，把四个大乡的场镇串连起来。于是围绕场镇的五里坡、幺店子、一碗水、老屋基、新房子、张家坝、陈家沟、艾家嘴、刘家湾、罗家褊、黄屋基、孙家咀、朱氏祠堂、老学堂、稻场上、瓦窑头、牛栏坎、猪市上、石场湾……这些打上移民文化烙印的村子、地名、屋基应运而生。

乐善乡是个大地名。相传明朝初年，重庆府明玉珍大夏政权降了朱元璋，洪武帝划了川黔边 3000 里的地方安置大夏国的臣民与族人。大夏国丞相刘桢本是元朝年间进士，不愿为蒙古人做官，后红巾义举，推翻元朝的风暴席卷长江两岸，刘桢投奔明玉珍以文韬武略之大才，被大夏国命为丞相，助大夏国疆土拓展巴渝、川南、黔北广袤的大地。

元末明初，川南永邑属重庆府辖地。乐善乡界有山名"仙龙山"，世传刘真人在山中修仙练道，乐施于民，善举天下而得玉皇恩赐，封为五岳之大仙。后人为纪其事，将刘真人成仙骑云龙而去的这座山取名"仙龙山"，周边地界取名"乐善乡"，后来载入《永乐大典》，为朝廷认可的地名。

仙龙山因大陆溪，源于来苏永泸地界，向南流经寒坡场下，进入泸州凤仪乡立石站汇入王家河。圣水河从大磨场的姚坪村向北去来苏场境内。两条溪河环绕仙龙。阴阳大师预言：这一片山水乃得日月之精华、仙人刘真人之灵气，地必生金，水必出银。凡落户于此地者，家必人丁兴旺，族中代代出人杰。后来又传出，发现了伏羲氏和女娲氏兄妹联姻，以石磨一分为二，从山顶往下滚，如果上磨墩与磨盘相生成一架完整的石磨，就结为夫妻。磨子从山上往下滚，果然上磨墩与磨盘相生在一块。女娲氏认为是天意，与伏羲氏结为夫妻，生下一石榴，石榴一分开，儿子、女儿千千万万。夫妻就将孩子们分发天下，人间便有了烟火……

史书载，大磨场在永川县南，东临粉店，南靠四明，西与泸县凤仪乡土主场接壤，北接寒坡场，东北连仙龙场。《永川县志》称，大磨场建于清康熙年间，因场南有仙人之大石磨而得名，明末清初兴场，康熙年立市，乾隆初有居民百余家。民国初年为大磨场，民国二十二年（1933 年）为大磨乡。民国二十四年（1935年）为大磨保，民国二十九年（1940年），永安并之，名大磨乡，民国三十一年（1942年），划出永安，仍名大磨乡，直至1949年12月4日永川县解放。1983年，原来的"大磨场"正式改名大磨乡，1988年归属仙龙区。

仙龙区，历史上为乐善乡，境内张家场、五间场、寒坡（婆）场、仙龙场、永安场、大磨场。1988年后辖仙龙、张家、粉店、大磨、寒坡、盛水、五间、茯苓8个乡。

区内，有五尺官道通长江边的松溉、朱沱码头。境内有明清至民国初年修建的金银坡寨、黄沙庙寨、石宝寺寨、喻家坡寨（太平寨）四大古寨。每一个古寨都有一段来历，有一段历史，有一个故事。

1950年4月15日，西南军区党委下达任务，尽快消灭永川、荣昌、泸县交界区的土匪武装，加快新生红色政权的建设，完成征粮。4月25日，人民解放军三十五师一〇三团一营三连（老虎连）官兵在连长武志江的率领下，击溃仙龙乡石宝寺的土匪之后，遵照军分区剿匪部署，重点对境内股匪施行穷追猛打，反复清剿，铁壁合围将其消灭。4月29日，武志江连同师直侦察连、警卫连、营属82炮连对盘踞在五间乡喻家坡太平寨的蒋正南、米占武（乜占武）、董长勋匪部围歼。

喻家坡，因明末清初湖广移民入巴蜀，插占落业于坡上建宅而名。后清咸丰、同治年，朝廷下旨坚壁清野，择险设寨堡以拒太平天国之兵。五间场乡绅、商家、处士为保族人平安而筹资建寨，为祈天下太平之意取名"太平寨"。寨子四周是青条石砌成的石墙，高达4米，墙外有护寨河，寨有东门、南门、西门、北门，门楼上有碉楼、瞭望台、射击孔，门楼上立有桅杆，夜间以灯笼为号，一门挂出红灯，三门派丁支援；白天以狼烟报警，鸣锣为信号。进出四门有吊桥，十分坚固，有"钥锁永泸之地，固若金汤之险"的传闻。

土匪占据寨子后，又强迫民众在寨子中构筑工事，在碉堡和寨墙四周架起机枪，四门楼上架有土炮，以防攻寨。人民解放军一〇三团一营三个连从毗卢直插仙龙庙、五间场，清理太平寨外围小股土匪。武志江率老虎连先期赶到太平寨外，一面向土匪展开宣传攻势作政治瓦解，一面作战斗部署。土匪开枪射击，武连长命令重火力在黄山包上开火，掩护战士攻寨，战士们抬上梯子，冒着土匪的枪弹强行攻寨。土匪凭借高墙开炮射击，把攻寨部队阻挡在护城河。战士们攻寨锐气不减，抬上十多架梯子登墙，机枪掩护着，战斗十分激烈。土匪用乱石、土炮向登寨的解放军打来，寨墙下无处隐蔽，攻寨的战士纷纷倒下，土匪气焰更加嚣张。此刻，一〇三团一营的两个连赶到，命 82 炮连发射炮弹，数十发炮弹将寨墙轰开一个缺口。我人民解放军在冲锋号和喊杀声中冲入寨子。土匪从未见过 82 炮，也没见过剿匪大军拼死攻寨的情景，自知抵抗也无济于事，小土匪大喊一声："四道寨门全被攻破了，弟兄们快跑哇！"退入寨内的土匪凭借街巷、高屋基进行巷战。解放军在寨内英勇奋战二十多分钟，结束了战斗。

喻家坡太平寨围歼土匪五百余人，打死匪首苏温宗、黄剑如等，陈鹤鸣逃脱，解放军伤亡二十多人。6 月 17 日，在石脚乡战斗中，活捉逃脱的土匪头子陈鹤鸣及匪众 21 人。8 月 16 日全县公判大会，将匪首陈鹤鸣处决。人民政府在喻家坡寨旁建有剿匪英雄烈士陵园，以纪念 1950 年在平息太平寨匪患中牺牲的三十五师一〇三团一营的解放军指战员。

《永川县志》记载，寒坡场地处永川县西南，黄瓜山尾，北接永泸乡，南连大磨场，东邻仙龙山，西与泸县团结乡、泸永乡接壤，为泸县永川水陆交通要道，距松溉码头 50 里，距泸州市小市 100 里，距永川 65 里。文史资料记载，寒坡场建于清康熙年间，当时有贫寒的老妇在此坡搭草棚，为过往行人、走卒、商旅、马帮、贩夫、挑夫、力行提供大碗茶水，以行善事，无论男女老少皆可入棚休息，路过都送一碗茶，有钱人饮茶给一个小钱，没钱者免费供应，人称"寒婆婆"。后来，寒婆婆去世，人们怀念她，便把这儿叫作"寒婆岭"。康熙末年，大批移民入巴蜀，插占永邑乐善乡境，落户寒婆岭。乾隆初年，将寒婆岭更名为"寒坡岭"。在埂子上兴场立市，并约定每月三、五、九为场期，改成寒坡场。清道光《永川县志·场市》中记载，永川邑有场市 25 个，其中寒坡场改称吉安场，至民国三十六年（1947 年）为吉安乡。1950 年吉安乡属来苏镇（第五区），1958 年人民公社化，吉安公社属张家区，1984 年 9 月，吉安乡更名寒坡乡，1988 年，寒坡乡为仙龙区辖，1993 年 12 月，永川市行政区划变动，寒坡乡驻地寒婆场，下辖 9 个村民委员会，1 个居委会。

寒坡场于清康乾年间立市、建街，一条长约 500 米的中街铺、卜街铺两边就开起了店铺，百货、五金大小作坊林立，最大的是罗家的油房、米房和糟房，栈房、饭馆、酒馆、烟馆、茶馆、粑粑铺、草药铺、草鞋铺、小吃店、裁缝铺、纸杂铺、火炮铺，应有尽有。赶场天场尾上有待诏担、剃头铺、补锅铺、补碗铺，刀儿匠，线猪、线鸡生意忙，排队才办得了。场尾尾上还有马店栈房，专供吆马的人住，一个马帮头有十来条骡马，驮煤炭、驮盐巴、驮谷子去朱沱、松溉，乘船运往江津、重庆朝天门码头。

场上有井，出卤水，挑回去熬盐巴喂牲口，人不能吃。老辈子说，这口盐井鸡吃了要啄人，狗饮了要变疯狗，人若吃了就会变成恶人。刁家就是吃盐井水成了下街铺的大恶人。时有竹枝词云：

> 寒婆场有口井，不出龙泉出盐水。
> 谁人喝了井中水，好人变恶人。

后来，又打了口井，依然没打出清泉，却冒出油来。这下子让场上的人发了财，人人拿上木桶、瓦罐子去井中酌油回家，点灯照明，维持了好一阵子。

前人说，黄瓜山是一条乌龙变的，龙身横卧山脊上，压的是东海龙王的太子，太子怀抱的是太阳石，谁得到太阳石，谁就会给父老乡亲带来光明，人间就有了光和热，就有了希望。

黄瓜山绵延数十里，在哪儿才会找到太阳石呢。乌龙给人们托梦，告诉寒婆婆，不要卖菜了，快去傅家洞，洞中藏着东海龙王太子的宝贝——太阳石……寒婆婆梦中醒来，叫来乡亲，拿上工具、点着亮油壶灯进了傅家洞，找到了乌金太阳石。从此，沉睡在黄瓜山下千万年的太阳石被人们开采出来，这就是地方矿藏——煤炭。傅家洞、岩湾、石场、纸厂湾、老君矿、天缘矿井、三元煤井，养活了多少代人。周边挑煤炭的人用骡马驮煤走大磨场、仙龙场、五间场、张家场、粉店场……直到朱沱、松溉码头上船运往江津、重庆。

地方志记载，黄瓜山（王瓜山）向泸州凤仪乡界延伸150里，于是宝峰场、观音场、刘湾场、三元场一带都有煤炭，人们靠山吃山，靠水吃水。地下的煤炭，成为这一带人们的衣食饭碗，生活的主要来源。这时，一批又一批外地人、外乡人涌进了黄瓜山采煤的经济圈，凿岩开井，挖山掘煤。在永川与泸县交界处就有了集市贩运、街头作坊，有了人气、商气。地方因煤而兴，市因煤而立，人为煤而来，万千吨的煤炭如同山里流出的黄金、白银一样，吸引着东西南北的力气人、生意人，在长长的黄瓜山下轰轰烈烈地演绎了一部中国古代西部开发的典范篇章。

煤炭是人们生存之必需品，又是生产必需产品。在农耕时代，煤成了极为重要的商品，朝廷重视，衙门监管，地方保甲过问，一个小小的煤厂、煤矿、煤井就可以创造一个地方经济发展的历史奇迹。一种商品可以带动一个产业，一个产业可以支撑地方社会经济的发展，推动文明的进程。

紧挨永川县寒坡场的是泸县立石，古称立石驿、立石站。这儿是泸州通往永川的东大路，有"东下重庆、北走泸州、中间歇立石"之说。立石站是古蜀道自川西成都经龙泉山、资阳、简阳、资中、内江、隆昌进入泸州，转川黔古道、川滇古道、夜郎古道入黔入滇到南亚的商道中转站，也是西南地区的人流、物流集散地。地域的经济地位引领周边方圆 100 余里大小场镇的发展；交通优势吸引了成渝泸万以及两湖两广、江浙、山西、陕西商家云集于此，开店设号，立石又成了商贸中心。一条泸（州）永（川）古道，串起了泸州、重庆广袤的大地，而得利的则是交界处的民众，无论是泸州凤仪乡三甲的居民，还是永川乐善乡三甲的乡邻、民众，山连着山，水连着水，田挨着田，土连着土；路是一条进出，屋基门对门，饮的是一口井中的水，多是儿女亲家，浓浓的乡音，淳朴的乡里，厚厚的乡情，几乎分不清是永邑人还是泸州人。逢年过节走人户、串亲戚、回娘家、拜问家庙宗祠足不出十里。

泸永乡、永泸乡行政区划，在历史进程中见证了这个区域特殊的地理人文和移民文化的厚重底蕴。民谣云：

泸（县）永（川）两个县，政区历朝有边界。
一边泸县凤仪乡，一边永川是乐善。
大磨峨眉连土主，立石古道走吉安。
祖祖辈辈联姻亲，儿孙代代并蒂莲。
世代同饮一江水，父兄同耕千亩田。
挑担大米赶立石，岁贡皇粮朱沱街。
大小买卖云锦场，庙会敬香到玄滩。
正月回门走人户，灯节龙舞乡音传。
叭起水烟冲壳子，三百年前话孝感。
先祖湖广填四川，渝州分手入滇黔。
朝廷诏讨告示下，告别黔北返川南。
落业泸永风水地，人丁兴旺血脉延。

川南泸县和永川县邻近的两个乡和一四七、二五九、三六十场期有众多古镇古场、老街、旧巷、村落塆子、屋基地名时，每一个场镇就是一本地道的故事，也是一部立体史书，留给子孙后代的是宝贵的财富和乡愁、记忆。

第二章

康乾陈家入川南　六世创业泸永边

　　自顺治元年（1644 年）到康熙十九年（1680 年）这 37 年间，巴蜀大地几乎一直处于烽火连绵的大规模战争状态中，社会生产遭到极大破坏，民不聊生。清军于顺治三年（1646 年）进入四川，打败了张献忠大西农民军，但川南、黔北、滇东地区未能全面控制。明朝宗室组成的南明政权与清朝政府的对抗长达二十年之久，几乎与顺治（1644—1661 年）一朝相始终。

　　康熙二年（1663 年），清政府开始恢复川东，重镇重庆的市政建设，康熙四年（1665 年）原设保宁的四川机构迁往成都，至此，清王朝才对成都、重庆实施了有效控制，对各州、县一级建立州衙、县衙政权创造了条件。康熙十九年（1680 年），朝廷平定"三藩之乱"，四川基本上被收复，各府、州、县地方官员相继任命到职，动荡不安的四川社会逐渐安定下来。

　　省督、府台、州官、县令面对满目疮痍的社会如何重建、残破不堪的地方经济如何重生？清政府在四川异常复杂的政治局面、百废待兴的经济状况下，怎样解决民生之计？怎样解决有可耕之田而无耕田之民？而且伴之而来的天灾、瘟疫、饥饿、流亡，许多州县已是"十室九空"荒凉景象……就连州、县衙外也有虎豹出没。康熙得到四川州县具报后，在谕旨中称："四川昔当明末时，遭张献忠之乱，百姓凋敝，地亦荒残，反又屡经贼变，人民愈加废耗。尔宜正已率属，爱养抚绥，俾远方之人，遂生乐业，以副朕简用至意。"（《圣祖仁皇帝实录》卷122第7页）面对四川的社会状况，清统治者在汲取明朝灭亡的历史经验教训的基础上，提出了"图治首在安民"的治蜀策略，制定了"安民为先""裕民为上""便民为要"的宗旨，并将"百姓相安"作为第一要务。

当时政府鼓励移民入川开垦荒地，招还流遗回乡重拾旧业，对招民垦荒有功官员给予奖励。经济上对移民援助，给耕牛、种子、口粮、农具；政治上准予落籍、科举，税赋三年、五年，乃至十年起科，滋生人丁永不加赋等特殊优惠政策的推行，全国大范围地宣传鼓动，"移民入川垦荒"政策的实施，导致了清初声势浩大的"湖广填四川"移民运动的发展。

陈氏伯万公康派落业凤仪乡

康熙移民圣旨颁发天下，官府明令，凡朝廷官员亲属必率宗亲、族人、子孙及佃户、佣人迁移，率百人迁徙入川者记功一次，官升一级，并颁发奉旨入川条，沿途以"旨"为凭，给予接待、安置。民户三户迁一，三丁迁一，不愿迁者由军队解送。凡自愿率族人子孙前往者，发给路条为据，插占落业、垦田开荒土地五年、十年不征赋税，学子入库免费，乡试者衙门教谕发路费。凡乡绅、商贾入蜀营生、拓开市者前三年不交赋税，交纳官银可为官……

《陈氏伯万公康派谱》记载，在移民运动的大潮中，陈氏入川先祖仲功于清康熙四十五年（1706年），从世居住的湖南新化习溪迁巴蜀地重庆府永邑乐善乡仙龙山落业，清乾隆二十·年（1757年）殁葬大佛坎。

陈之礼得知仲功落业永邑乐善乡三甲垦荒屯田、一家落业的家书之后，于乾隆三十四年（1769年）从湖南新化横阳岩出发入川，来到重庆府，经东大路到立石驿站在泸州凤仪乡二甲土主

陈氏谭姓始祖满公　伯万颍川室始祖

陈氏入川始祖画像

慈竹林地落户。这儿距仲功落业的仙龙山仅有二十多里。

先祖入川落业泸州凤仪乡二甲土主，后分家居老鹰山、大坟包、杨柳湾地，以耕读为家、诗书礼义立世，先后生陈惟凤、陈今训、陈能相，子孙绵延。

能相公生显贵，清道光甲午岁（1834年）生，后成家立业，娶妻凌氏，生子远广、远圆、远堂、远书，移居凤仪乡与永邑乐善乡三甲地宝塔沟屋基，以农为本，挖土筑塘，蓄水养鱼，塘中种荷，引溪种田，凭一家老幼日出而耕、日落而息。一年四季春种、夏耕、秋收、冬藏，年复一年，岁复一岁，家中不仅扩大了田土，而且也有积蓄，送子上学堂读书。四个儿子农忙时耕作，农闲时读书，一个个学业有成，岁试入学，在永邑乐善乡三甲地宝塔沟，陈氏被誉为一门读书人。

陈显贵成为乐善乡绅，卖了黄谷30石，在距宝塔沟十余里的寒婆场中街买了三间铺面，前店做生意，后店为库房、杂屋，楼上住家。三间铺面经营小百货、小五金和本地的土特产品。广货、洋货从江津、重庆和泸州进货，土特产、山货则从凤仪乡界的立石、土主、万寿、涂场，里仁乡的宝峰、仙佛、毗卢，永川乐善乡的王坪场、五间场、仙龙场、张家场、大磨场、永安场进货。大宗的货也从永川的来苏镇、松溉镇、永昌镇吃进、抛出。生意越做越上路，经营项目也逐年增加，人手愈发不够。陈显贵把田土交给两个兄长显华、显荣做，侄子们留在宝塔沟老屋基，守好祖上留下来的家业。

清咸丰五年（1855年）春，显贵一家从乡下搬到了泸（州）永（川）古道永川界的吉安场中街铺，成为经营小百货、小五金、农资产品、农副产品的坐商。由于经营灵活，市场信息通达，货源充足，销售渠道覆盖城乡。陈显贵被公推为吉安乡的首富。为办好公益事业，捐银修街道、札子门，为打更匠修住房，请人打井，办学堂，人称"陈太祖公"。

咸丰年间，太平天国义举席卷大河上下。咸丰七年（1857年）6月，石达开率20万人马从江西、浙江、福建、湖南、广西、湖北向西南而来。长江下游百业萧条，海盐难进长江口，朝廷下旨川盐济楚，军粮运江南大营，四川物资急调前线。地处泸永界的立石、吉安场的商家也行动起来。

创业吉安中街铺有地九块田

清咸丰九年（1859年）四月初十，吉安场中街铺中陈显贵与妻凌氏又得一子，取名远堂，为显贵公三子（远堂为陈善新曾祖，管氏为曾祖母）。《四川泸州陈氏康派续修族谱》中载："远堂公生长在商贾云集的永邑黄瓜山麓的寒坡街上。自幼把寒婆婆乐善好施、仁义仁慈的品德牢记于心。后子承父业、经营生意、做大家业、光宗耀祖，坚守公平交易、诚实守信、童叟无欺、良心从业，赢得了父老乡亲、商界同仁的赞誉。

陈远堂从父亲陈显贵（1834—1905 年）手中接过商铺生意，把信誉看作是自己安身立命之本，坚持在经营中奉行"以人待人、以信接物、以义为利、仁心为质"，义行和厚生之德。乐善于乡，济贫困于人，捐钱米赈岁于饥民，修桥补路，筹资补修关圣殿、禹王宫……陈家义举之美德在吉安场街乡党中口口流传。在泸州、永川交界处的乡场上博得乐善好施、急公好义的美名。其妻管氏（1872—1951 年），为远堂贤内助，平生俭朴，善女红，乐善好施，相夫教子，有吾不愿儿孙多积财，但愿儿孙多读书明理，敬师益不懈。至老不倦，尽能母道，誉为一方贤妇贤母。

远堂活了 55 岁，一生在商界、商场打拼，经历了许多时事风雨，也亲历了江湖人生，深知人生异业同道，必其尽心。自古以来士以修治，农以具养，工以利器，商以通货，各就其资之所近，力之所及而业，以求尽心。民国初年，陈远堂知一生奔劳成疾，已走到人生尽头，临终前给儿子陈历和说："陈氏一门康乾年间从湖南新化入蜀填川，先祖之礼、惟凤扶老携幼，背包拿伞，怀带干粮，加入千百移民行列，不走官道，不下客栈，夜息路旁祠庙岩屋，无屋可寄宿就住山野、树木，采木支棚，上覆茅草、芭蕉叶片，仅蔽风雨，取石为灶，三角树桩支锅，拾柴做饭，一餐稀一餐菜，一月两月不见油腥。路上巧碰殷实人家，便寄住数日，帮工糊口，作短暂休整又赶路了。好不容易到了重庆府，交了移民路条，被安置到泸州的凤仪乡，永川的乐善乡，听说这有黄瓜山出乌金，有峨眉山（永川大磨界），有溪、有河、有泉可引水种田，有官道上泸州，下重庆，有水路可通老家湖南，又收拾行李来到凤仪乡、乐善乡界插占落业入户。祖辈以耕种为业，创下家当，后来搬到寒坡街上，经商做生意，总算安定下来。"停了停，陈远堂又对儿孙说："历来士子攻书农种田，工商勤苦为家园。农工商贾虽然四季奔忙而为一家营生积攒下家业家产。陈氏一门兴家创业苦，而子孙守业难。一定要记住勤为本，俭为范，兴家犹如针挑土，败家犹如水冲沙。家小国大，上古之强在牧，中古之强在农，至今国之强民之富在商。儿孙立业、立志、立德皆为报国兴家……"陈远堂留下遗嘱，走了。

时年陈历和 24 岁，铭记父亲临终嘱咐，接过吉安场中街铺的生意，同妻子史氏陪伴母亲管氏，担起陈氏一门生计。

陈历和 40 年的人生道路上，所经历的是中国大动荡、大变革的岁月。清朝廷的没落、慈禧专政、光绪变法、洋务运动、列强瓜分中国、旧民主革命向新民主革命过渡，一批志士仁人呼吁改良帝制，倡立科学民主、民权、民生。中日甲午战争战败，签订《马关条约》，康有为发动"公车上书"、维新运动，向八国联军签订《辛丑条约》，中国完全沦入半封建半殖民境地。

清光绪三十一年（1905 年）8 月，中国同盟会成立，孙中山为总理，喊出了"驱除鞑虏，恢复中华，建立民国，平均地权"的口号提出了中国第一个资产阶级革命政治纲领，并把十六字纲领发展为"民族""民权""民生"三大主义。孙中山领导的辛亥革命，推翻了清王朝，推翻了几千年来的封建帝王专制政权，建立了资产阶级的民主共和国——中华民国。但这次革命并没有完成反帝反封建的任务，失败于北洋军阀首领袁世凯之手。

民国十年（1921 年）7 月开始，在中国共产党的领导下，经过长期斗争，在以毛泽东为首的党中央领导下，完成了孙中山没有完成的民主革命。1949 年 10 月 1 日，中华人民共和国宣告成立，标志中国革命发展为社会主义革命。

《陈氏族谱》中，关于"远堂之子陈历和"有这样一段人物生平介绍：

陈历和，善新之祖父。光绪己丑年（1889 年）农历九月二十四日寅时生于四川川东道重庆府永邑（永川县）乐善乡三甲杠子坵屋基 [保甲制始于清顺治元年，即 1644 年。以人为一牌；十牌为一甲（百户人家）；十甲为一保；分别设牌头、甲长、保长。民国延续户籍管理制度，每户有门牌，上书家长姓名、职业、年龄、家中妻室、人丁姓名，凡迁移、变更、生死者，随时由甲长具报名册，更换门牌。保甲以门牌编成户口册，为之一保一甲户口册。]

历和公，继承祖训，视诚信为安身立世之本，以农商并重、耕读传家为业。扬家风、重礼义、敦诗书、和乡党、勤劳作、戒于奢、孝父母、重族群、好施舍、乐助人、济贫穷、办公益，无愧于天地，无愧于祖宗。富之于贫，思如何而恤之；贵之于贱，思如何而维持之；智之于愚，贤之于不肖，思如何而劝勉之。

历和公，一生从事农商之业，乐善好施，常济于贫，体恤于病，相助于天灾之困，其志之远，其力之重，其名远近有声，人称吉安乡界一乡贤。历和妻史氏（1896—1947 年），泸州凤仪乡四甲孙家湾出生，殁于民国丁亥年（1947 年）十月二十九，葬于凤仪乡石牌湾，生三子代发、代荣、代文，二女代素、代芳。

后人在编修陈氏宗谱中，在为历和夫妇一生的评语中称：夫妻同生清光绪年间，相濡以沫一生，牵手二十多年。经历辛亥革命孙中山先生领导推翻清朝统治，护国战争、护法战争，军阀混战到 20 世纪 20 年代，恽代英、萧楚女在川南播下火种，刘伯承领导的泸州起义与反动派斗争，保卫泸州 167 天……民国十七年（1928 年）4 月中共泸县县委成立，民国十八年（1929 年）二十四军唐英师长在泸州修街道、公园、轮船码头粉饰太平的年代。历和夫妇以"忠孝传家久，诗书流泽长"的族规，坚守祖上家业，几代人的田产、铺产。行走于泸县、永川两地，尝尽了人世间的酸甜苦辣，走不到头的坡坡坎坎。一生省吃俭用，把三个儿子和两个女儿拉扯成人，让陈氏一门血脉绵延，门户立于泸永交界，已为儿孙守业、创业做好奠基石，搭好阶梯，为父为母功德壮哉，美哉！

泸永、永泸乡对门拾户打亲家

陈代发（1914—1976 年），号绪安，陈历和长子，陈善新之父。民国三年（1914 年）农历十月二十四日出生于永川县乐善乡三甲学堂湾。后随父母迁往泸县立石大塘村九块田安居，陈代发子孙后代从此世居九块田近百年。

九块田，早年属泸州安贤乡中下里立石站。清雍正七年（1729 年）泸州地界编为十大乡：里仁乡、安贤乡、凤仪乡（在州城东北）、崇义乡（在州城东）、忠信乡（在州城东南）、宜民乡（在州城西南）、伏龙乡（在州城西）、会文乡、麟现乡、衣锦乡（在州城西北）。十大乡区划历经乾隆、嘉庆、道光、咸丰、同治到光绪二十九年（1903 年）增加城厢，宣统二年（1910 年）泸州改为 10 乡 10 镇，后又改为 11 自治区。民国二十三年（1934 年），将原十大乡划为 42 镇乡；民国二十六年（1937 年）为 6 区 61 乡镇 1563 保；民国三十七年（1948 年），泸县被划为 10 区 4 镇 69 个乡 904 保 11164 甲。

1950 年 11 月，根据川南人民行政公署《关于彻底废除保甲制度改造乡村政权》的指示，调整行政区划。1951 年 1 月，泸县被划分为 18 个区，198 个乡，823 个村，9936 个行政小组，其中含街村居民小组。第十三区署驻地立石镇，辖 11 个乡（立石乡、三溪乡、高桥乡、泸永乡、毗卢乡、远通乡、仙佛乡、宝峰乡、中峰乡、白阳乡、高楼乡）37 个村。泸永乡境内有共和（河）村二社九块田与陈家老屋基。

在泸县行政区划中，第一次出现泸永乡名。据《泸县志·乡村》《泸县地名录》记载，1949 年 12 月前泸永乡属土主乡、立石乡辖地。1951 年 1 月设乡，因与永川县永泸乡相连，故名泸永乡。乡人民政府设在刘湾，境内面积 18 平方千米，大鹿溪自北向南，流经东部，成为与永川县分界河流。1980 年在大鹿溪上游截流筑坝建成艾大桥水库。泸（州）永（川）古道（公路）从刘湾经过，泸永乡（泸永公社）成为这条大通道必经之地。

彭岳远（72 岁）、刘永洪（44 岁）、周西涛（55 岁），三位原泸永乡（凤仪乡三甲地）世居的村民说：九块田原属泸永乡大塘村，因有溪水流经江湾、吉安，入口处在大塘，因世代春耕争水、抢水、关水、断水而引发纠纷，后经几个河段的长者、村长商议，此溪为共有，水为共用，溪名为"共河"。20 世纪 60 年代由村支书周子云组织民众修堰沟，先是村上修，后来是泸永公社出面修，再后来是县上修，因水源关系泸县永川交界的两个乡农民引水灌田，由两个县共同来修，1966 年建成艾大桥水库，引水渡槽 22 处，长达 5 里多，保障了民众用水。

泸永乡的大塘村与共河（和）村合并改为艾大桥村，九块田老屋基属二社地界。彭岳远先生说，共河村内有观音场，因场口有明代修的观音庙而得名，每年农历二月十九、六月十九、九月十九办观音会，泸永乡、永泸乡的人都要来赶庙会。村中稻场湾、贯牛嘴、彭家湾、黑石岩、长冲九块田、油草沟、唐九寺是大屋基，九块田因陈家有九块田而得名。

永泸乡金门村为大鹿（陆）溪源头，干流由永川县王家河流入泸县，复于四明乡回永川境内，经松溉注入长江。1953 年由王坪乡划出部分村置永泸乡，因乡在永川与泸县交界处，故名。1956 年金门乡并入，1958 年成立永泸人民公社。1974 年将天堂、乐天两个大队，石河大队的四、五、六生产队，林疆大队的六生产队划给泸县团结公社。1983 年复名永泸乡，至 1988 年均属来苏区，全乡面积 21.6 平方千米，乡政府驻地在大鹿溪畔的龙王庙，全乡 9 个村，58 个社。石松坪有松林化石为永川古八景之一的"百松百尺"，明朝永川县教谕诸华有诗而纪。其诗云：

昔人浪说康山石，此处相传霹雳松。

凿壁青针磨岁月，眠云赤甲自春冬。

日中惯作擎天盖，月下惊看伏地龙。

造化钟灵多莫测，使人千载忆元封。

永泸乡石松坪发现松树化石，石上有松树纹状，石长三五尺不等者有百余节，大的二人合抱，因名"石松百尺"。清乾隆《永川县志》记载，"旧有峰如松，高可十丈，坪因此名。一日大雷击之，分裂江泸间，其址尚存。俗称'雷烧松'，杜工部（杜甫）诗所谓：'万年松化石'即此。"

永泸乡有"石松百尺"，为一方名胜古迹。泸永乡刘湾官道上却立有大清皇帝下旨旌表的"刘朝在妻郭氏节孝坊"，成为泸永乡地标建筑。据《千年古镇立石》一书中载，泸永乡刘湾是明末清初湖广移民填川刘姓插占始祖落业之地。刘家世代耕读传家，恪守忠孝礼义之家风，宗族子孙昌盛，或官、或农、或武、或商、或医、或工、或艺，各有成就，为一方名门望族。

清道光年（1821—1849年），刘朝在娶妻郭氏，年23岁，朝在病故，郭氏守节54年。族长、族正联名一乡之先贤、乡绅、名士具报州官，呈报朝廷旌表，经户部、礼部会查核准呈皇上下旨旌表节孝，准予建坊褒奖。咸丰年初（1851年），朝廷颁旨，刘姓族人奉旨建"刘朝在妻郭氏节孝坊"于泸永大道上。节孝坊为三门四柱石质仿古牌楼式建筑，坊高15米，阔9米，三重飞檐，十二刹尖，铁马铜铃，风吹铃声响，为古道往来行商走卒、贩夫学子、路人经过平添了神韵与平和之心态，穿过牌坊，倍觉庄严、宏伟，敬仰之情油然而生。

坊柱上有名人题联：

一尺布，一卷书，五夜寒灯慈母泪；
泸江清，泸山峻，花甲冰蘖远臣心。

五十四年柏节松贞，历尽风霜雨雪；
九重恩锡龙章凤诰，昭如日月星辰。

节妇受到朝廷旌表，安慰了节孝之女，如同雨露滋润了她们哀苦干枯的身心。一座牌坊，使节孝精神像一束幽兰芳香散发在泸永乡刘湾这片土地上。每当人们从节孝坊经过，看着牌坊，细读坊上的石刻文字和"圣旨"匾、坊联、坊诗、赋时，相信泸永乡的父老都会从心底为终身守节尽孝的郭氏发出敬意、感叹。传统的节孝教化、道德背后的人和事，一直在乡间传颂着。

地方文史学者认为，泸永乡刘湾节孝坊犹如一部立体史书，为地方历史文化珍贵的遗产，为研究泸永乡政治、经济、文化、民俗及建筑文化提供了佐证。有民谣云：

泸永刘湾观音场，灯杆坡下立牌坊。
郭氏节孝朝廷表，贤妇贤母耀华章。

刘湾是乡政府所在地，观音场又是传统的农贸市场。这儿成为稻场湾、贯牛嘴、彭家湾、黑石寨、长冲的集散地。乡上，一条泸（州）永（川）古道，把临近的泸县泸永乡和永川县的永泸乡连在一起。山水地形相通、相连、相似，风土人情同根同源，姓氏家庙同宗同族，生活生产习性一致，就连住家屋基都在一块儿。六百年来从湖广填川插占落业在这块土地上，一二十代人乡亲、乡音、乡土、乡情，天人合一，和谐共和，在川东南村落中非常罕见，为移民文化的深入发掘与研究提供了活的资料与文献。

留住本土文化，讲好泸永故事。留住赖以生存、赖以传承的文化、传统，这是一个地方、一个乡镇、一个村落、一个地名的血脉和根。

当年陈历和决定从永川乐善乡三甲杠子丘迁往有山、有水、有林、有坝的泸县凤仪乡三甲地，就是看中了正沟头九块田土和一方风水龙脉地，修房造屋，耕读为家必福荫子孙后代。陈氏一门，入川落业已经八代，儿子代发为第九代，一定要为子孙择一处安居乐业、百世兴旺之基。

中国农村的传统文化延续千年，其中住宅之地必选龙脉可通天，地脉可通神，水脉连东海的向阳之地。住宅朝向开门必具四灵所镇，四灵所护，这就是"左青龙，右白虎，前朱雀，后玄武"之说，东西南北，人在中心，这样的地方必出人杰。

相传，陈历和秉承先辈的遗嘱，放弃了填川插占落业的永邑乐善乡寒坡场中街铺业，又率儿女迁凤仪乡三甲立石站境内。在稻场湾、贯牛嘴之间，发现了龙脉、地脉、水脉三脉合一的九块田，便用上辈人的全部积蓄买下了九块田，鸠工庀材，开地造屋，背靠山、面临水重建家园。

代发从小上学，知书识礼，聪明智慧，口才出众为父母之欣慰，立志长大要做大事，报答父母养育之恩。每天放学从家乡大鹿溪畔而过，一条家乡的母亲河，在他童年、少年的心灵深处打下烙印。一条溪水认准了它的方向就是汇入大江，流向大海，无论有多少山阻挡，有多少曲折，始终不回头，一直向前。家门前的好音山（老鹰山）下有土主场、柏木滩，再远点有龙川溪、皂角滩、观音滩、门坎滩……无论山，还是水，都是家乡的形胜风光。九块田因山而有水流入田，因有水入田而种谷而衣食足，妇子宁。

代发读书认真，人也越来越会洞悉时事。他的眼光已不停在九块田，而是放眼周边更远更大的人世间。海阔凭鱼跃，天高任鸟飞。一个有抱负、有志向的人，把自己追求锁定之后，就不会安分于巴掌大的地方生息了。

父亲陈历和，母亲史氏，却依然遵循祖训，看见儿子代发已长大成人，便为儿子的婚事忙碌起来。每当听见门前树上枝头喜鹊叫，史氏听到的是那世代传唱的童谣：

> 对门拾户打亲家，亲家亲家姨婆家。
> 亲家公子会写字，亲家女儿会剪花。
> 大女剪朵灵芝草，二女会剪牡丹花。
> 只有幺女不会剪，丢下剪刀纺棉花。

> 对门拾户打亲家，亲家儿子有文化，亲家幺女会纺纱。
> 捡柴要拣干丫丫，说亲要说姑娘家，心地善良手又巧。
> 敲锣打鼓接回家，半夜三更亲个嘴，好比白糖蘸糍粑。

史氏与历和生有三儿两女，如今大儿已到成家之年，她希望抱孙儿了。于是便请媒婆为代发说"人户"选老婆。

媒人带来消息，姑娘周道清，家在凤仪乡大水河畔，与罗天寺相望的高山鹅屋基，祖父为秀才，父为环桥、协和桥学堂老师。周氏识文断句、女红手工、堂前屋后为学堂办事，眉清目秀，举止端庄。从小受传统文化礼义的教习，以《女诫》《女训》《孝经》为准，世人皆夸为高山女才子……历和、史氏一听此女出身书香门第，又长代发两三岁，谓之"女大三，抱金砖"，与儿相配，当即应允，请媒人正式去女家提亲保媒，并按农村传统婚俗下聘、诺书、纳采、双方交换庚帖……择日送期、启媒、接亲送亲。女方有嫁妆以示女之身价，过礼、发亲、拜堂行大礼、入洞房，众亲邻里来贺，陈家备酒席以待宾客。这年代发 20 岁，周氏 22 岁。从此了了父母心头的一件大事，九块田添了儿媳妇，家门前的树枝头多了一对比翼鸟。代荣、代文两兄弟和代素、代芳两个妹儿有了一个知书达理、孝敬公婆、关心弟妹的周氏大嫂。

代发娶妻后，父亲把家中大凡小事一并交给了他来打点。田头、地头、栽秧、犁耙、收割，街上铺面大小生意、货物进出、收账付款、商家应酬、同仁聚会、地方事务处理得井井有条。清早出门，黄昏回家，从吉安场回九块田老屋八里大路，走半个多钟头，快到而立之年的陈代发成了九块田的顶梁柱。他挑起了陈家一门的生计，承担了父母的重托、弟妹们的希望。

母亲史氏，只要一有空闲时间，就把媳妇周氏打量，一双眼盯住儿媳那肚子，心想怎么就不生一男半女呢？是儿代发的问题吗？她知儿正值青春年少，气血正旺，请太医为儿把脉，乃阳刚气盛之年。后来发现是周氏血脉不和，阴阳相克，结婚快十年了肚子没有半点动静。为此常与婆婆管氏交谈，如不及时为代发再续一房妻室，陈家就无后了。

史氏的提醒也引起历和的注意，按家庭条件，为代发再结一房为陈家延续香火也是件大事。历和向母亲管氏提谈此事，母亲说："我只生了你一个儿，差点在我手头就断了陈氏香火。婆婆凌氏（1836—1901 年）为这事在耳边已说成老南瓜了，骂我不争气。做女人，讲个"三从四德"，生儿育女，相夫教子，传宗接代。陈家结了管氏，就最不争气，生了一个独丁丁。儿历和、媳妇史氏为陈家添了三儿两女，我才放心了。如今代发结婚这么久了，不见一点点动静，陈家血脉不能断送在你两口子手头，早打主意，我还等着早日抱曾孙呢！"

婆婆管氏的一席话，让史氏为代发再讨一房妻室下了"命令"。在川南 20 世纪二三十年代的传统家庭里，"不孝有三，无后为大"。从血缘关系讲，无儿孙就意味着祖先留下的血脉就此中断了。这在宗法社会中是不能容忍的大罪过。为了有后，为了使祖先留下的血脉不至于断送在自己手中，史氏这位婆婆为儿媳周氏能怀上一男半女，吃斋念佛，祈求神灵保佑，伴儿媳进庙拜送子娘娘，去打儿窝丢钱，参加三月三的蟠桃会、正月十五"接红灯"，五月"偷瓜"，别人生子去讨彩蛋，清明节去"偷生菜"，做泥娃娃，寻药方，吃喜药……月复一月，年复一年过去了，依然不见儿媳的肚子有什么动静。史氏下了决心要为儿子代发堂而皇之地纳妾娶小。

周氏从小就学《女孝经》："妾闻天地之性，贵刚柔焉；夫妇之道，重礼义焉。仁义礼智信者，是五常。五常之教，其来远矣。总而为主，实在孝乎！夫孝者，感鬼神，动天地，精神至贯，无所不达。盖以夫妇之道，人伦之始，考其得失，非细务也……"

周氏对《孝经》《女训》熟记在心。嫁夫数载一直未能怀上，没给陈家生儿育女，已成为她的心病。每当她听到对门外婆的歌谣，心都碎了……

> 对门对户来说亲，正月十五来说媒。
> 二月十五就说成，三月十五送彩礼。
> 四月十五接过门，五月十五同床睡。
> 六月十五儿上身，七月十五子下地。
> 八月十五打蹬蹬，九月十五上学堂。
> 十月十五背《诗经》，冬月十五把官做。
> 腊月梅雪正争春，三十晚上儿回来。
> 父喜母爱满堂惊，儿归家乐闹纷纷。
> ……

婆婆也怜儿媳，从无让儿有休妻之语。周道清也是很知足了，便与丈夫代发商议，劝夫再娶一房妻为陈家添一男半女，延续陈家血脉。代发爱周氏贤淑、知理、孝顺父母、事舅姑、操持家务、与邻友善，乡党称之为贤妇。谁知父母要为早日抱孙儿，已托媒人四乡选新妇了。

第二章

大磨堰塘罗永山　家道中落妻儿散

距九块田 900 米路程的永川县大磨场，西与泸县土主乡接壤，北接吉安场，东北连仙龙乡，南靠四明，东临粉店，全场面积 25.1 平方千米，人口 1.3 万人。《永川县志》记载，大磨场建于清康熙年间（1622—1720 年），因场南札子门口有一大石磨而名，居民有百多家。为湖广填川移民插占落业之地，民国初年（1912 年）名大磨场，民国二十二年（1933 年）名大磨乡。民国二十四年（1935 年）名大磨联保。民国二十九年（1940 年），永安乡并入，名大磨乡。民国三十一年（1942 年），划出永安，仍名大磨乡，直到 1949 年 12 月 4 日永川县解放，1950 年沿用大磨乡名，属永川县第七区。1953 年分为大磨、四明两个乡，1956 年，复并为大磨乡。1958 年，建大磨人民公社。1983 年将原大礦乡改为大磨乡，1988 年归属仙龙区。境内有永昌镇通往朱沱镇的公路，有大磨乡通往四明、江永、粉店、张家、仙龙、吉安，泸永刘湾、土主、立石场的乡村石板大路。

大磨场新牌坊堰塘坎处是罗永山家。罗氏先祖入蜀填川于重庆府永邑乐善乡，裔孙分枝散叶分别去泸州、合江、纳溪、永宁、遵义、毕节、乌蒙落业。宗谱载，入川祖字辈为二十个字："尚俊习（锡）文元，荣江庆发祥，铭升（生）昭万代，贵显福宏（洪）开。"罗氏家族秉承先祖遗训：耕为家，书为本，坚信学而优则仕，取功名以其光宗耀祖，至罗文思官至知府，故里修家庙名"罗天寺"，在泸州、永川交界处为之十方丛林。相传，罗氏家族举族之财力、人力建起了宗祠、家庙，几乎花尽了几代人的积蓄。到了嘉庆、道光年，族中仅凭百十亩薄田为生计，到了咸丰、同治年间，广西太平天国义举，席卷大半个中国，西南地区四处民众响应，起义的烽火在川南、川东燃起。20世纪20年代，护国之役、护法战乱，罗氏人丁被征入伍，罗文兴、罗文发、罗文贵阵亡，罗元父战死，叔父罗荣病故，罗家败落。川南、川东社会动乱，人心不安，生计难维。罗永山娶妻张氏，守住父辈留下来的家产，一边又从事小木工，维持罗家的日子。

父病重家道落　罗家天塌下来

"人有旦夕祸福，天有不测风云。"人生世事难料，罗永山一家真是一根田坎三截烂。时年泸永天旱，一百天不见下雨，禾枯苗死，田土无收成，就连人畜饮水都得下河去挑。就在这灾荒之年，张氏生下大女儿，按字辈为"江"字辈，取名江明，这年是民国十一年（1922年）腊月十九日（即1922年1月16日）子时。两年后，张氏又生下一女，因无奶水、无米浆喂养而夭折。

罗家有女，夫妻关爱备至，自己不吃留给女儿吃，自己不穿也要买几尺花布为江明做新衣衫。家中有女儿，就有了希望和盼头。罗家一天到晚再忙碌、再辛苦，看到女儿的笑脸，什么劳累都没有了。

江明在母亲的摇篮曲中一天天长大，伴着父亲做木匠活儿的声音成长。就在罗江明4岁那年，即民国十五年（1926年）2月28日，正是家门前新牌坊坡上放灯杆那天，母亲又生了一个小兄弟，父亲为他取名罗江树，因八字中缺水、缺木，故名。

4岁的罗江明已知许多事了，平日见父母为生计忙碌，自己就在弟弟睡的小木床边，轻轻地推动木床，学母亲那动听的童谣哄弟弟睡觉：

推磨，摇磨，推豆花，赶晌午。
罐罐煨，罐罐煮，砂罐烂了泥巴补。
一补补个大肚肚……

小板凳儿地歪歪，地下一盆菊花开。
爹买粉，妈买花，打发幺姑到我家。
牵上轿，鸳鸯花，穿件衣裳樱花花。
穿上鞋子八宝花，手扒床边指甲花。
倒杯茶，山茶花，舀盆水，水仙花。
一根慈竹掉下来，吓得细娃直喊妈。

说来也怪，躺在小木床上的罗江树听着姐姐的催眠曲就睡着了。当弟弟
2岁时，才满6岁的罗江明背上他去干活，帮助母亲做家务、摘猪草、拾刨
花、捆柴草。弟弟饿了，用米汤来喂他；弟弟哭了，就逗他玩耍，一边唱，
一边摇，一边笑，一边打哈哈：

逗虫虫，咬手手，虫虫虫虫飞喽！
飞到家婆菜园子呀，吃了家婆一窝菜呀，
气得家婆脑筋怪呀，吃了家婆一根葱呀！
气得家婆打倒冲呀，吃了家婆一口茶呀，
气得家婆满山爬呀，吃了家婆一碗水呀，
气得家婆去吊颈呀……

两姐弟的童年生活在永川大磨场度过，在新牌坊堰塘坎处的老屋基内过
得是那样开心、快乐。

风云变幻，行政区
划的乡设保，保归区，
区有团总，场设团正，
后又设联保。每变一回
名称，老百姓就交一次
捐。每变一次，民众就
怨声载道，骂国民政府，
骂团总、团正派款派粮
派捐，有人称，"这样
款，那样捐，只有放屁
不开钱。"罗家交不上

新牌坊堰塘坎老屋基

捐，罗永山四处打工在外去躲债。罗家三娘母日子苦，红苕稀饭，顿顿清汤寡水，两三个月不见油荤。看见一儿一女骨瘦如柴，张氏伤心得哭不出泪水。每天一到黄昏，张氏就站在家门口，盼望丈夫罗永山回来，一天、两天、十天半月，望眼欲穿。

罗家屋基侧门石梯

老屋基老房子

女儿罗江明 10 岁了，儿子罗江树 6 岁，若是生在有钱人家，这一对儿女也该上学读书了，如今屋中空空，日无夜粮，吃野菜吊着命。

就在大磨场响大雷那天，风大雨也大，三娘母关门闭户，张氏害怕儿女听打雷、看闪电，便给儿和女讲起新牌坊的故事，为儿女壮胆。

堰塘坎罗家人在清朝咸丰、同治时，世上不太平，为了保村护乡，罗家的老辈子罗文兴、罗文发、罗文贵三兄弟因是武秀才，报名成为大清衙门中带兵的管带。那年兵荒马乱，四处都有人起来造反，为了制服这些人，三兄弟率兵出战不幸全部阵亡，后来为了给三兄弟报仇，你们叔公罗元、罗荣、罗生、罗开又上了前线打仗，前面几仗都打胜了，回来庆功，一个个喝得烂醉如泥，一点儿都没防备，哪知乱兵又杀了个回马枪，罗家几叔侄不敌，在逃跑时被乱兵取了首级。消息传回来，罗家老祖祖派人去抬回尸体，里正奉衙门通知，举行公葬，乡里民众联名具报重庆府衙，批准旌表建坊，以表彰其守土有功，以身殉职。家门前这座牌坊有别于其他节孝牌坊，永川县衙署题名"桑梓功德坊"，后来就叫新牌坊，坊下有碑。

罗氏家族先祖们为护乡梓安宁而赴汤蹈火、虽死犹荣的故事深深地铭刻在儿女心中，他们立誓长大后一定要成为一个修德于乡、坤维正气的人。

天上的雷声停了，雨也小了，风也不吹了，家门突然被人推开。三娘母点灯一看，是丈夫（父亲）罗永山回来了，只见他背上家什，全身湿透，怀里却用油纸包了一包东西，进门交给妻子张氏，张氏放在桌上小心翼翼地打开一看，是十斤米和一块5斤重的宝奶肉。一对儿女看见米和肉，扑在罗永山怀中哇哇大哭起来，一旁的张氏生火烧水为丈夫换上干衣服，一家人团聚的快乐、高兴气氛一下子填满了原来冷冷清清的罗家堂屋。

罗永山病倒了，病情很重，几乎不能下床了。张氏四处寻医问药，用尽了乡头的土方子，火罐、刮痧、热敷、表寒、退烧、化痰……挖来草药，找来偏方，守在罗永山病床前，一口一口地把药喂他喝下去……十天半月拖过去了，不见病情好转。儿女守在父亲床前，与父亲说着话，希望父亲好起来。

乡下人命硬，几乎重病了都不去找大夫看病，而是挺着、拖着，拖到倒床了，才吃点儿中草药，找点单方治一治。命大的即便活下来也一生留下病根，命不硬的就上了黄泉路。罗永山属于命大命硬的那种乡下人。有一双巧手，会做小木细活，会做全套嫁妆。凡起居生活用具、生产工具的制造全是行家里手，人称"鲁班转世"。

在大磨场方圆数十里内，罗永山的手工雕花技艺无人可及，平雕、浮雕、圆雕、镂刻空花，人物、花卉、虫鸟、灵兽、福禄寿喜字雕，样样精细绝美。他因木雕手艺"绝"而名传乡里。

罗永山虽然病未痊愈，只要有东家上门来请做小木工活路，他就背上家什出门，直到完工才买米、割肉、打酒背回来。罗永山就这样月复一月、年复一年地为一家妻儿操劳着，操心着，奔忙着。

民国二十一年（1932年）日本占领了东三省，举国上下同仇敌忾，奋起抗战，还我河山。支援抗战，有钱出钱，有力出力，前方后方、男女老少，支援前线抗战的爱国热潮，让位于泸永交界处的大磨乡民众也动员起来。

罗永山常年在外做木匠，见的事多，听的消息也多。他把国人抗战的大事带回来，对妻子和儿女讲，中国不会亡，人民抗战必胜。农民在家种田、交粮，多交粮就是为抗战出力。罗永山的两个孩子也知道大磨场堰塘坎以外的事，知道打败日本是全国人民的大事。

永川大磨场、仙龙场、吉安场、来苏镇以及泸县凤仪乡的立石镇、土主场上，中学、小学的师生也上街集会游行，号召民众团结一致，坚决抗日，绝不当亡国奴！宣传"天下兴亡，匹夫有责"的抗日救亡宣传活动。义演队合唱《义勇军进行曲》《中国不会亡》《打回老家去》《黄河大合唱》《松花江上》……游行队伍中高喊口号："打倒日本帝国主义！""把抗战进行到底！""工农兵学商共同起来抗日救国！"特别是《中国男儿血》中唱道：

中国男儿血，应洒抗日疆场上。
不管枪弹雨，不怕日机狂，
用血肉之躯，用男儿热血抵挡！
冲过山海关，雪我国耻在松花江。
赶走小日本，光复大中华。
中国好男儿，抗战到底，
还我河山，英勇顽强；不怕牺牲，抗战救亡！

全民大抗战的川南大地上，到处都是热火朝天的抗日救亡宣传和抗日游行。泸永交界处的场镇成为抗日洪流高涨的前方。

国难当头，民以自强。然而城乡经济萧条，市场上洋货占据，国货不抵，连大磨场上都是卖的洋油、洋火、洋碱、洋布……民族工业遭到灭顶之灾，手工业更是一落千丈，好长时间没有人来约罗永山做活路、打家具了。没有活路就断了财路，一家生计无钱支付，儿女吃什么？靠家中的田土怎么也养不活一大家子人呀！

罗永山坐门外吸着叶子烟杆，望着老鹰山头上飘浮的流云，半天不说一句话。女儿江明已懂事了，和弟弟一起，远远地看着父亲那张全是皱纹的脸，不知要父亲说什么。

为了一家人的生存，罗永山背上家什去大码头松溉、朱沱寻生活。三娘母看着丈夫（父亲）远去的背影一直消失在新牌坊那弯拐处……

从大磨堰塘坎去长江边的朱沱有四五十里路，一个成年人要走半天路程。

朱沱原来叫朱家沱，相传宋元之际，宋朝派大将军往返于重庆钓鱼城、泸州神臂城之间运送军队的水码头，因大将军姓朱而名"朱家沱"，沱则是江湾处可停船、可捕鱼的水域，历史上属江津管。朱元璋灭了元朝，占了重庆，明玉珍部的几十万大军和族人退出重庆，逆江而上，曾在松溉、朱沱扎营盘做休整，后到泸州分往川黔边落户。这是元末最大一次移民运动。后来，朱沱成为明玉珍部的营盘和物资集散地，直到洪武四年（1371年）、洪武五年（1372年），明军实际控制了四川，朱沱才归明朝管辖。明末，永宁奢崇明占纳溪、泸州、重庆，朱沱又成为奢王大军的水上供给站。明崇祯十三年（1640年）十二月、崇祯十七年（1644年）八月，张献忠率部两次攻占泸州，命一部大军占松溉、朱沱，断了水道。从朱沱走陆路攻占永邑来苏、乐善与泸州东北大门立石夺下泸州城。康熙年朝廷平吴三桂"三藩之乱"，水陆大军并进，朱沱水寨屯兵布阵断了吴三桂退回云南的水路，朱沱成为朝廷的水驿站口。

朱沱乃川江三十六大码头之一。明末清初的战乱，让民众难以安生，民众祈求安宁。康熙年末，乡绅商贾以五福临门、吉星高照、五谷丰登、妇子安宁之意改名"五福镇"，地属江津。一直到民国又恢复了原名称"朱沱镇"。朱沱地处重庆江津、泸州合江、泸县和永川四县交界处，水陆交通在这儿会合，历史有"朱沱酱油甲天府，江中鱼鲜数肥沱。川江号子一声吼，喜看江津大码头"的民谣流传下来。

罗永山来到朱沱街头，大茶馆中一坐，拜过码头管事，希望找点活路养家糊口。管事告诉他："今日的朱沱已不是往日的景象了，日本飞机轰炸重庆，炸江津，炸朱沱。下江人逃难的、躲飞机轰炸的，战区运来的前线受伤官兵早已挤满了朱沱场三宫九庙，连学堂都住满了。在这兵荒马乱年辰，哪家还请木匠打家具哦？不如早点回你的大磨场守住家中那几亩田土，方才是出路啊！"

管事大爷的一席话犹如当头一瓢冷水浇来，浇灭了罗永山来朱沱闯码头、求生计的梦，他只好又背上吃饭的家什从朱沱通往昌州镇的大路往回走。耳边响起那叫花营唱的《出门难、做人难》：

出门难，出门难，离乡背井去跑滩。
为娘亲，有衣穿，为儿为女为家园。
有谁知，当长工，求饭碗，
李家干活无工钱，张家打工顿顿是稀饭，
外出打工好心酸，出门挣钱难上难。
有谁知，出门闯滩多艰难。
长不过路，短不过银钱，

松不过帽儿头，吃不完的泡水菜。

睡的硬板床，盖的麻口袋，

夏走山湾路，夜半五更寒。

谁知道，出门难，难于上青天。

一身手艺无处使，一身力气难挣钱。

犹如洞宾背时卖灰面，

大风吹来空挑担。

鸡飞蛋打烂，跪拜问苍天，

天无绝人路，气短上黄泉。

婆娘改嫁儿改姓，一生一世做人难。

……

在封建社会，在经济落后的川南地区，叫花子乞讨时的《出门难、做人难》歌谣，不仅是当时社会经济状况的一个缩影，也是成千上万劳动人民求生存的呐喊，是对腐败政权的控诉与无情鞭笞。

罗家有女初长成　顶起门户谋生计

罗永山回到家中就病倒了，他是被万恶的社会气倒了，凭自己一身木匠绝活却找不到一处安身之所！有一身力气和木雕本事却不能解决妻儿温饱！又病又气，躺在床上。妻子张氏看见丈夫病成这个样子，一点办法也没有，家中拿不出一件像样的、值钱的衣物去当，没钱请不来大夫治病，张氏只有在灶房头偷偷地落泪。儿女都大了，看见父亲病成这样，三娘母抱在一起哭成一团。

夜半时分，儿女已入睡了。罗永山知自己已熬不到天亮了，对张氏交代后事："我死后，去找个好人家，一定要把儿女盘大，要为江明女说一户吃得起饭的人家……"父亲临终时的嘱咐，12岁的女儿罗江明在房门外听得一清二楚。父亲临死放不下的还是她和弟弟罗江树呀。听见母亲的哭声，江明知道父亲死了。死得凄惨、死得痛苦、死得匆忙。儿女还没长大，多么希望有父爱，有父亲的呵护、关怀、体贴啊……这一切的一切没有了！女儿人生的路，弟弟的路又有谁来打点？

张氏安葬了丈夫后，一个寡妇带着一儿一女，日子怎么过哟！女儿却安慰母亲，自己什么都能做，什么苦也能吃，一定要把兄弟拉扯大，为罗家撑起门户。小弟罗江树对姐姐说："以后干活把我带上，为姐姐搭把手，为母亲分担一份忧。"

张氏拉住儿女的手说："三娘母这一关，咬咬牙一定能挺过去，日子会好起来的！"打这以后，三娘母田中土头，坡上坎上，四季农活，栽秧撒谷，耕田耙田，锄草施肥样样能干。儿女虽然人小，但懂事，什么活都争着干，一家日子虽然清苦、清平，但做母亲的总是一天到黑围着儿女打转转，盼望儿女早点长大，希望孩子无病无痛无灾。观音场的庙会，张氏每年都要去，在菩萨面前烧炷香，一是望罗永山在天之灵保佑儿女成长，二是望观音发慈悲为一家人祈求平安。并许下心愿，如果改嫁，会许配一个什么样的男人，会为儿女找一个什么样的继父，只要对人好，对儿女好，她就把自己嫁了。

女大十八变　媒婆来提亲

大磨乡新牌坊堰塘坎下有一片李树、桃树，是罗永山生前为儿女栽的。栽树时曾对儿女说，当李花白、桃花红时，你姐弟又长了一岁了。父亲去世后就埋在果树下，清明上坟为父挂纸，两姐弟为坟上锄草，对着坟地说说儿女的思念之情，望父亲在九泉之下保佑三娘母平安，保佑母亲找个好男人，支起一家……

这一天，正当桃花开放之时，为张氏提亲的人上门来了。男方原配过世，膝下无儿无女，与你家罗永山同是师兄弟，也是木匠，有手艺，名叫艾海清，四十刚出头，是个为人忠厚、老实、勤快的人，对他死去的前妻十分珍爱，谁知夫妻缘分已尽，大病一场没医好就走了。艾海清为他妻守孝好长时间了，家中无人打理，他又在外做活路，经艾家老人说动，要他续一房妻室，成一个家。

艾姓，在凤仪乡地界上是个大家族，出了许多名人、文人，立石场上九湾十八嘴几乎都是艾家族人住的地方。艾海清这一房人大多是手艺人，父传子、子传孙，传到艾海清这一代快断香火了。听说师兄罗永山丢下妻儿走了，孤儿寡母日子难熬，又听说张氏才三十多岁，人也贤惠，还懂木匠活，一儿一女还未长大成人，如果娶了张氏，又得儿女，我艾海清祖坟上显灵了，主意打定，托媒人上门提亲。

媒人之言，邻里撮合，亲朋好友赞成，二人两相情愿就算谈成了。张氏改嫁理所当然，但她是带上儿女改嫁的，如果嫁过去，继父对儿女不好，这就辜负了罗永山临终托付，便亲自去立石艾海清家，谈明如何善待罗家这对儿女。艾海清是个爽快人，说："罗永山女儿依然姓罗，不改姓，但儿子罗江树得跟艾家姓，过门后儿子就叫艾树全，跟我学手艺，做徒弟，我是师父又是继父，为儿子改个姓也是符合师门之道，艾氏家人满意了，旁人也不会有闲话。"

张氏一听，在理，便答应嫁给艾海清为妻，一对儿女也有继父照应。时年10岁的艾树全拜后父为师，学做大木、小木手艺。张氏与女儿罗江明做田土，闲时做家务，当姐姐的最关心的是弟弟罗江树拜师学艺，十天半月去看看，弟弟这木匠长没长本事。从此一家三姓人同住屋檐下，同吃一锅饭，张氏为丈夫艾海清的生意忙前忙后，干得井井有条。艾海清有了一个懂行的贤内助，打心眼儿里高兴，对艾树全言传身教，选材、画线、打黑、刨木、推平、打眼、接逗、描花、雕刻……一样一样地下功夫教，贴着耳朵讲。艾树全人聪明，学得快，几年师满，在立石、泸永、永泸、吉安、大磨场一带成为有名的小木匠。

艾海清的手艺有了传人，逢人便说，艾树全不仅是我徒弟，也是我艾海清的亲儿子。张氏见儿子有出息了，也放下心了，便与艾海清商量，女儿罗江明该说人户了。艾海清是个老实人，家中大凡小事全由张氏拿主意，他只是在旁边叭着叶子烟点头说了声"要得"，张氏就去办了。这一次却不一样了，艾家要嫁女是件天大的事，发话了："江明选人户，一定要挑选好，不能亏了女儿，她这一二十年过的日子太累太苦了，一定要找一户像样的人家，让她过得好，过得快乐，当老人的才放心。"

张氏听到这番话，太感动了，没想到一个继父对自己女儿是这样关爱，对女儿婚姻大事如此重视，虽然女儿不是他亲生，但平日待两娘母无微不至，呵护有加。张氏更没想到的是，艾海清已买下几大车柏木，要亲自为女儿罗江明出嫁打造一套柏木家具作陪嫁，让街邻看一看我艾木匠嫁妆是用上好柏木做的全套家具。

母亲把这事告诉江明，罗江明也没想到，继父是有心人，他把父爱给了自己和弟弟。于是暗暗地把家中的事做好，回到大磨场新牌坊堰塘坎，把父亲罗永山留下来的老屋基打扫得干干净净，房前屋后进行清理，为父亲种的李子树、桃子树打枝、施肥，下田清理杂草，铲田壁，挑粪水倒入田中为春来栽秧下种做准备，从早到晚忙个不停，邻里看见罗江明如此能干，个个都夸她一个女娃儿干活一点也不比男娃儿差。

罗江明要说"人户"的消息很快在泸永两县交界的大磨场、吉安场、仙龙场、来苏镇和凤仪乡的立石、毗卢、土主场传开了。凡知罗永山木匠家的人，哪个不知罗江明是个孝顺、心地善良、对人和气、家里家外都是下得厨房、出得厅堂、见得世面、敢于担当的人，一双巧手，女红做起，许多大嫂大姐都不如她。家中田头、土头、坡上的农活干得巴巴适适，几亩田土，四季丰收，就是上山割草捞柴也比别人多，若是空闲哼起山歌《薅秧歌》来，连秧师都夸她嗓子好……邻里也有人说，这女娃儿心气高，前几年有人来提亲都没答应。如今，不知谁家男人有这个福分，要娶了罗永山女儿为妻，一家人乃是前世修来的，金山银山不如接个好媳妇当家理财。

第四章

罗家女儿找婆家　巧遇陈母大磨场

　　每逢一、四、八赶大磨场，天还没亮，从四面八方赶来的人就进了场街上，摆摊设点，特别是猪市、鸡市、米市，街头更是人潮涌动，专卖家什、农具、犁头、扁担、箩篼、板凳、桌子的，应有尽有。下场街上人更多，街两边是铺面，街边是土杂市场，中间成了火巷子，进了街中，不挤半天硬是钻不出来。一个市场上，叫卖声、讨价声、评价声、成交声不绝于耳。紧俏的货，如果价钱又公道的几下子就卖光了，老板手中数着钱，一张脸笑烂了，硬是数钱数得手抽筋。

立石古镇米市街

罗氏江明女　结缘陈家人

　　史氏与婆母管氏也来赶大磨场，好不容易挤进了街中间的小百货市场，市场内已是人山人海。

　　在针头麻线摊位前，见到一个二十出头的大姑娘，高个儿，红脸蛋，柳眉大眼。一条独辫又粗又长拖到身后，身材匀称，健美。说话有灵气、大方。一双大手，一双大脚，一看就是一个能干农活、家务的人……史氏和管氏一见面就喜欢上这个丫头了。

堰塘坎老屋基石板路

在针头麻线货摊前挑选绣花线的罗江明把各种颜色的绣花线拿在手中仔仔细细地挑选，选出了几十根喜欢的五色线，又选了几尺大花布，看样子是绣头帕用，还扯了一节大红布，比在身上对着摊上的镜子照了又照，脸上满是喜悦，眉宇间是少女待嫁时的桃花初开。此刻，史氏与管氏从镜中把这个丫头看得一清二楚，简直是仙女下凡。

罗江明买了针线、花布，付了钱，转身见史氏与管氏二老，点头打招呼"二老也来买绣花线呀！这儿的线头又多又好，价又公道，二老慢慢地挑选吧"。一张笑脸留给了史氏和管氏。

两位老人目送罗江明离开小百货市场后议论起来，"这姑娘如果能嫁给代发儿，结为百年之好，一定能为陈家兴家立财……"

在回堰塘坎的路上，张大嫂告诉罗江明，刚才那两个婆母，家在立石九块田，有三个儿子两个女儿，都是读书人。大儿陈代发是泸永十乡八村难找的文化人，会做生意。吉安场上中街、下街有店铺，立石大塘河村有田土，永川仙龙、来苏、朱沱场上有生意往来，人能干，对父母百依百顺，对兄弟和睦关心，娶了个周氏，好多年无出，老夫人正为代发儿续一房妻呢……大嫂在说，罗江明在听。

从大磨场赶场回来的，罗江明就一心一意准备出嫁的新衣服、红盖头和绣花鞋了。

媒婆巧舌说　泸永一门亲

提亲说媒的人先到了立石街街尾上艾海清的木匠店，进门就道喜："艾木匠、张氏妈，九块田陈家托我来为你家大女江明说媒来了。"两口子又惊又喜，连忙请媒人坐，并递上烟、端来茶，问起陈家少爷的情况，当得知是过去当小，艾木匠和张氏摇头不回话，弄得媒人不知所措。终于，张氏发话了："我家女子，是黄花大闺女，二十刚出头，去做小？而且大房妻又在堂，嫁过去一无名分，二无担当，做不完的事，受不完的气……"

艾海清也认为不能亏了女儿罗江明，"除非……"欲言又止。

媒人是个一踩九头撬的人，马上接过艾木匠的话："你家有什么条件，我可以去转告，帮你们两家把亲说成，我也好喝上敬媒人的喜酒三百杯。"

艾木匠与张氏一商量，提出了女儿的名分问题。媒人说，母以子贵。夫妻两又提出谁当家？媒婆更干脆，只有人妻人母才能当好家，但要看婆婆信不信任。又问嫁过去与前房周氏谁是大谁是小？媒婆顿时哈哈大笑起来："周氏无出，断了陈家香火，老夫子不叫儿子一纸休了她已是给面子了，有谁还能来争是大是小？"

艾木匠、张氏被媒婆镇住了，一时间无话可说。此乃女儿终身大事，一定要去征求女儿的意见，再回媒人的话。媒人却说："艾木匠、张氏，不用操心了，我亲自走一趟大磨堰塘坎老屋基，去问一问你家女儿答不答应这门婚事，好让你两老放心。"

川南一带的媒婆是一种职业，一年四季行走场镇村落之间，凭一张小嘴说动男方提亲，劝说女方愿为保媒。自称"人间月下老，千里姻缘一线牵"，不分人才，全凭三寸不烂之舌，成全两方，说和男男女女走进婚姻的殿堂，自然也得到谢媒银子。

在封闭的巴蜀盆周大地，男女生活的圈子小，女子更是深闺不见客。女儿7岁时就与家长分床睡，八九岁就受传统的礼义教育，有条件的请私塾老师上门传道，从《百家姓》《千字文》《女儿经》学起，再大一点就学《女诫》《女训》之类的孝悌之书。十二三岁就住进闺房，除自家兄弟姐妹、远房表兄妹之外，从不与外人交流、与男子来往，生活的圈子仅为五尺绣楼。到婚嫁年龄，按祖上规矩，全凭父母之命、媒妁之言，行"六礼"择门当户对而嫁之。所以甘为红娘的媒人在广袤的农村有一个很大的婚姻介绍市场，这个职业不仅为未婚男女牵线搭桥，而且男方、女方也是通过媒人的介绍来了解对方的家底、人品等，在媒人的撮合下结合为夫妻。

艾木匠、张氏给媒婆送了红包，媒婆丢下一句话："你家女儿的这桩婚事就包在老身身上了。"立石场口喊了一乘滑竿，轿夫抬上她往大磨场去，二三十里路，小半天就到了邓家坳，正逢二、七、十赶场天。

邓家坳是个尿泡场，街上十来间店铺子，卖点布、纱、线，有点日用小百货、小五金。唯有茶馆、小酒馆内人多，划拳声如打雷，一个个吃得颈上冒青筋，一双眼睛紧紧盯着双方出拳的手。一边的铁匠铺内，师徒二人为人背锄头、打镰刀，客人坐在门外等着，一阵叶子烟味吹过来，把媒婆吓了一跳，骂了一声："烟花！"抽烟的几个老者也不生气，问道："幺嫂，又为谁家保媒来啦？""老娘是做天下的好事来了，古人云：他乡遇故知、金榜题名时、洞房花烛夜乃人生三件喜事，老娘今天专程为罗永山的姑娘说媒而来，烟抽了就带我去看一看罗家的千金、大小姐。"

其中一个老者用手指了指远处的新牌坊，说："去问牌坊下那群娃儿，他们会告诉你。"媒婆顺他指的方向一看，不远处的牌坊下，四五个八九岁的村童在玩耍，玩得可开心了。没等媒婆走近，就听见那群娃儿手拉手，一边跳，一边唱：

堰塘坎下罗家女，穿针走线纳袜底。
七岁烧锅八岁才，九岁读书小状元。
十岁背柴上吉安，春种牵牛下水田。
夏薅秋苗动作快，秋收打谷拌桶前。
坝上晒粮顶烈日，交粮大磨脚板翻。

时年二八红花女，媒婆上门递帖子。
李家公子无才学，王家少爷差品行。
东谈西说不如意，媒婆转身出了门。
罗家女儿有主见，家有兄弟未长成。
女儿兴家父母爱，姐为小弟心中明。

罗家女儿年十八，孝顺贤淑乡有名。
勤劳俭朴会持家，老少夸她能干人。
哪个王生有福气，娶回姑娘福盈门。
来年生个胖小子，一门欢喜谢媒人。
……

媒婆一听，大吃一惊，罗家大女果然是个了不起的女子。一打听，这首歌谣是谁人所编写？娃娃们说，是学堂孔二老师为答谢江明姑娘救命之恩写下的歌，我们一学就会唱了。

那是上半年一个下雨天，孔二先生从学堂回家，路过堰塘坎，谁知踩到青苔没站稳，就滚到了堰沟中，沟中水大，费了半天劲也爬不起来，大喊救命，正好在田口放水的罗江明听见，丢下锄头、脱下蓑衣跳进堰沟把先生从水中拖起来，先生这才捡了一条命。罗家姑娘心肠好，先生没什么可以感谢她，回到学堂就作了一篇《罗家有女初长成》教学生唱。牌坊下又唱又跳的娃娃全是孔二老师的学生。此刻，媒婆决定不去罗永山家了，赶快回九块田陈家，告诉史夫人："你家代发儿要娶的二房妻，非罗家大姑娘不娶，快去答应艾木匠和张氏的条件，这门亲事就成了！"媒人风风火火地进来，几句斩钉截铁的话，让史氏又惊又喜。

媒人从大磨场新牌坊堰塘坎抄回来的《罗家有女初长成》一文念给史氏听，每念到孔二先生妙笔之处，总要评价几句。史氏自从在大磨场买针筒、麻线与罗家大女见面之后，就认定代发儿的二房妻就是此女子也，听到媒人的夸奖与孔二先生著的这篇竹枝词，对罗家姑娘便更知根知底了。史氏决定答应艾木匠和张氏条件，立即择日下聘，带上陈家诺书、钗钏、色缯、猪肉、大曲酒、米粮等交媒人送到罗家。

艾木匠、张氏不仅从媒婆口中知道陈家大少爷的情况，也从吉安、王坪、来苏场的朋友口中打听到，陈家祖上填川落业永川乐善乡、泸州凤仪乡已经七八代人了，耕读、经商、做官、教学，一门代有人才出，是泸永地方上的名门大户。在吉安场中街、下街有店铺，在松溉、朱沱、泸州、江津有生意往来，后看中九块田，举家迁来，一住就是上百年。祖上在杠子丘、杨柳湾、塔子沟有山田，老鹰山有屋基，有地产，是一户吃得起饭、穿得起衣的人家。陈代发是长子，读过书、有文化，经营父辈家业，生财有道，诚信立世，在街坊邻里中口碑；对父母孝顺，对弟妹关心；娶妻周氏，夫妻和睦，虽周氏无育也不嫌弃；一个人顶起几代人的大家庭，是一个靠得住的男人。

艾木匠听张氏的，收了陈家的聘书、彩礼，交了女儿的生辰八字。双方父母选定了吉日良时，娶嫁完婚，艾木匠和徒弟艾树全加班加点地为女做嫁妆，从婚床、床榻、床柜到桌椅、茶几、花凳，从被帐、毡褥、衾枕、服饰到过门的大大小小器物，无一不具备，就连厨房瓷碗、瓷盘都是去泸州城定制的，女儿的嫁妆之丰富，可知艾木匠这个继父对张氏生的儿女的关爱之心。

20世纪三四十年代，川南地区乡镇上的男婚女嫁，在"门第""户对"观念的影响下，凡有家声、名声的家庭，双方父母为儿女挑选配偶依然是很讲究的。艾木匠、张氏看中的是陈氏一门的家风好，仁义礼智信、温良恭俭让；看上的是未婚女婿陈代发的人品、处世、立身、立德、立家的责任与干练。女儿嫁过去，不会被看不起，会得到陈家老少三辈人的关爱，两口子也算对罗永山有个交代了。

抗战胜利时　娶妻罗家女

当时间的车轮驶进民国三十四年（1945年）8月15日，从松溉、朱沱码头上传来天大的消息：日本投降了！中国抗日战争胜利了！川南大地一片沸腾。人们汇聚在一起欢呼抗战胜利。从城市到乡村，社会各界人士，在大街小巷鞭炮齐鸣，锣鼓声、欢呼声汇成庆祝抗战胜利的海洋。国民政府决定将 1945 年 9 月 3 日确定为中国人民抗战胜利纪念日，举国上下举行火炬游行

吉安正街

活动。泸县凤仪乡的立石、土主，永川县的乐善，来苏乡的吉安、大磨、仙龙、王坪、五间、粉店、张家场等地的民众自发地集会于场上庆祝抗战胜利，打败日本小东洋。抗战胜利的集会、游行持续到农历九月初五。家家户户门前挂红灯。

"一家跨两乡，鸡鸣传两县"的吉安场上，上街铺、下街铺店门口悬挂抗战胜利的大灯笼。大磨场新牌坊上也挂满了"抗战胜利"的红灯。堰塘坎罗家女儿将准备婚嫁的红绸、红布、红纸全拿出来做成金瓜红灯，不仅挂于堂屋头、家门前，而且还挂在堰塘坎边的小路树枝上、竹林中……从远处望去，堰塘坎那一条小路、一片竹林、一截树枝、一排篱笆处红灯闪烁。这样的光线、这样的老屋基、这样的堰塘人家，把抗战胜利的喜悦、还我河山、一洗国耻、重建大川南的意愿全表达了出来。新牌坊下人们欢庆胜利的歌声，久久地回荡在堰塘水面上。抗战胜利的红灯也把快要当新娘的罗江明的脸映得更红了。

民国三十四年（1945 年）10 月 9 日上午 10 时，陈家的花轿来到大磨场新牌坊堰塘坎屋基迎亲，艾海清、张氏和艾树全把备办的陪奁请乡邻抬上、挑起、扛起，伴之乡间的龙灯、狮灯、马灯、车灯，锣鼓鸣锣开道向凤仪乡三甲地九块田而去，罗家送亲的人尾后，沿途鼓乐、鞭炮、笑声、呼声不绝于耳。

新娘花轿到达九块田时，陈家人已等候许久，新人下了花轿，走到大门前，听见有司仪在唱：

一抛谷，二撒种，三撒新媳妇到家门口；
一撒金，二撒银，三撒花生枣子媳妇进家门；

新媳妇，好脚手，走路好像风摆柳；
今年娶进门，明年生贵子。

　　新郎牵上新娘步入华堂，红双喜字、大红灯烛，象征喜上加喜。拜天地、拜父母、拜友邻、夫妻相拜。亲朋祝福一对新人婚姻美满幸福、夫妻和谐、健康长寿、白头偕老；老辈子祝福多子多男、血脉不断、香火永传。新人进入洞房，坐床，新郎官用称杆挑开新娘的红盖头，共饮交杯酒后，闹新房的儿童、妇女涌进来了，上床打闹，还念念有词：

金童玉女来翻床，一翻二翻金满床。
三翻金床得贵子，四翻子孙齐满堂。
五翻五子齐登科，六翻金山万万两。
七翻银山入云霄，八翻福寿呈吉祥。
九翻一禾结九穗，十翻世代人丁旺。

　　闹新房的人一哄而上，抢花生、抓桂圆、拿枣子。新娘送红蛋，新郎送橘子、柚子，方才使他们离开洞房。
　　此时，陈代发借助烛光仔细打量父母为他选的老婆长什么样儿；此刻，罗江明面对的是这一生跟定了的男人。四目一对，二人顿觉似曾相识，都在回忆，都在打开思绪、情感的大门去接纳对方。肩并肩，手牵手，从此无论在人生的道路上有什么风雨、坎坷、曲折，天灾、人祸、病痛都将共同去面对；无论家中、族群发生了什么事，夫妻二人都要协力同心去解决，去处理，去度过；无论风云变幻、时代变迁、生死沉浮，同舟共济……
　　这是陈代发、罗江明夫妻婚后的山盟海誓；这是一对新人对未来生活勾勒出的一幅图画；这是做丈夫的对妻子的承诺；这是妻子对丈夫的应允，是对家庭、事业、人生的宣言书。
　　陈家娶了一个大脚板媳妇，在九块田、笔架山、油灯草沟传开了，有的老学究为之惊叹，有的远房叔公叔爷感到疑惑，有的婆婆、婶娘评头论足，还有的人百思不得其解，有的拭目以待，有的笑谈……罗江明却很坦然，庆幸自己看中了陈家的陈代发，一生一世可托付的男人，让自己从女孩变成人妻。
　　祖母管氏说得好："儿媳侍奉公婆为天经地义，记住四个字'晨省昏定'。"

婆婆史氏说了八个字："妇事舅姑，如事父母。"①

从此，罗江明在陈家守业、操持（1945—2016年）七十一个年头。

陈家娶了新媳妇，家中祖母、父母、弟妹以及代发大房妻周氏都变了样，个个喜气洋洋，一家老少心中又有了新的希望。家门前那株百年卷子树，枝繁叶茂，房前屋后林中雀鸟飞来，燕儿门前筑窝，就连蜂群也在枝头建起蜂巢，护院守屋的狗都添了伙伴。天一亮，打开鸡笼、鸭棚，一只只拍翅而动，鸡入竹林，鸭下正沟。鸡鸣犬声与陈家堂屋的读书声平添了九块田人家耕读传家、礼义立世、和气生财的兴家氛围，真是家和万事兴。

罗江明持家有方，丈夫陈代发兴家有道。婆婆史氏最大的心愿就是早日抱孙子，为陈家延续香火。大房周氏虽无生育，但待罗江明如亲姐妹，相处相知相敬，她吃斋念佛，求菩萨保佑罗江明早日为陈家生下一男半女，平日也同罗江明一起打理家中事务，两个叔子、两个姑子见两个大嫂子如此亲近，称之为陈家之幸事，常与父母述之。

说来你也许不相信，陈代发娶二房后，陈家福星高照，年辰又好，田土有收成，铺面生意也好了。民国三十六年（1947年）农历三月十三日，罗江明为陈家生下麟儿，按陈家字辈取名"善新"，以从善立新之意而名。祖母管氏、婆婆史氏高兴得如同一下年轻了二十岁。陈家华堂之上、天地君亲位神龛上又多敬了几炷高香。孙儿百日之期，祖母管氏、婆婆史氏在九块田兴办百日酒会，宴请族人和邻里、乡党。

陈代发为答谢宗亲族人和邻里诞子之后三朝弥月之礼，人非木石，礼尚往来，酒食馈遗，以通情愫，故办"三朝汤饼之会"，农村叫"三朝酒"，请来外家、内家、亲戚以示家中添丁。弥月办"满月酒"，百日办"百日酒"，备土物八味之"土八碗"，九味为"九大碗"，蒸、煮、烧、炸、煨、炖、卤、炒菜、汤菜、杂办、点心以谢乡党。参加百日宴者，皆以祝福之词为吉言，此为川南民风民俗。

史氏送走了来庆孙儿百日之期的宗亲、邻里，回到华堂，又开始为儿孙的成长设计、规划了。古人云，父母半生都为儿孙累，只愿家门蓬荜生辉。孙儿陈善新出生七个月后，民国三十六年（1947年）农历十月二十九日，婆婆史氏去世了，走得很匆忙，走得很突然。刚过半百之年，正是儿孙绕膝前，享受天伦之乐之年，驾鹤西归，去往极乐世界。

---

①《尔雅·释亲》："妇称夫之父曰舅，称夫之母曰姑。"

陈代发、罗江明为母亲办后事，做七，举行超度、祭奠，为母亲求得生缘，轮回人生。

古人有悼妻联为纪，其联云：

人道我偕老百年，谁知吃过万苦千辛，怆三十载夫妻今撒手；
古臣民无子曰独，故尽夺汝三子二女，有七月孙儿怀中在哭。

妻去乎，你有多少说不尽的话，须知琐屑家常，即到百年犹未了；
夫老矣，吾亦断无历不完之却，唯愿从容杖履，待予一路赋偕行。

陈代发同弟代荣、代文，妹代素、代芳悼母联：

勤以持家，善教子女，生前诸事无荒废；
乐于助人，声闻乡里，殁后世人不称扬。

兴家立业赖操持，沥血呕心几代陈门称典范；
抚子孝老人谨慎，鞠躬尽瘁四乡邻里赞楷模。

悼念不忘昔教诲；情怀仍记母音容。

做七过后，陈家请阴阳先生择地，将史氏葬于凤仪乡石碑湾上。每年正月初一、清明，儿女、子孙必结伴前往挂纸上坟，这坟上一年四季常绿常青，福荫陈家儿孙。

第五章

国民政府打内战 强抓壮丁民不安

　　民国三十六年（1947 年）12 月，在国民党统治的西南云贵川藏和西康省境内，国民经济一路下滑，市场上通货膨胀、物价上扬已到了无法收拾的局面。物价从民国二十六年（1937 年）到民国三十六年（1947年）上涨六万倍，到年底涨到十四万五千倍。国民政府发行的"法币"一百元，在民国二十六年（1937 年）能买两头牛，到民国三十六年（1947 年）却只够买一盒火柴的三分之一了。"法币"大贬值，蒋介石政权为挽救国家经济，进行币制"改革"，发行"金圆券"，每一元折合原"法币"三百万元，结果物价更加飞涨。

　　金融危机风暴席卷大西南，陪都重庆街头天天都见市民、工人、学生游行。川南的泸县、永川县、隆昌县、荣昌县境内物价一日数变，市内几乎无粮出售。福集场、中心场上发生饥民兜米，数百饥民在石洞场抢走运往荣昌军粮大米 160 石，政府动用军警抓人，以平息抢米事件。凤仪乡立石、土主，永川乐善乡吉安、大磨、王坪、仙龙场等地成为重灾区。

长夜难明赤县天　家人离别不团圆

　　民国三十七年（1948 年），国共内战正酣，国民政府下令抓壮丁，白天在场上抓青壮年男人，追得赶场天的百姓四处躲藏，男人几乎不上街赶场，军警、团防又派人到乡下来抓人，三丁抽一、五丁抽二，一时间闹得乡下鸡犬不宁。

陈家有三个儿子，三丁抽一，军警、团丁没抓到代发、代荣，3月末却把年仅十来岁的代文抓走了。放出风来，3天内交清4石黄谷（每石400斤），可以放人。陈家3天怎么也借不到1600斤黄谷呀！史氏立马叫代荣收拾衣物连夜去王坪躲壮丁，代荣躲过了一劫（后来在王坪安顿了下来，娶妻段氏，生有六个儿子、三个女儿）。陈代发从外边回到九块田，得知小兄弟被抓壮丁了，家中拿不出1600斤黄谷去赎人，一家人犹如热锅上的蚂蚁乱作一团。代发向妻子交代了几句，决定自己去顶壮丁。陈代发便去场上壮丁关押处将小兄弟代文换回来，自己去顶了壮丁，被押到石洞泸永师管区，编入新兵连受训。

罗江明知丈夫被押到泸永师管区，把儿子交大妈周氏带，她去石洞泸永师管区求司令唐三山放了丈夫陈代发，并愿意为司令小老婆当佣人，不要工钱，只希望司令开恩放人。罗江明求小老婆为她向唐司令求情，陈家一家老小几辈人的生计全靠丈夫一人，如今被抓了壮丁，家中无顶梁柱，天就塌下来了！唐三山的小老婆见新来的佣人勤快，手脚麻利，家中活干得好，答应给司令说一说情放了陈代发，让罗江明在师管区当佣人。

心地善良的罗江明见小老婆愿意在唐司令面前帮她求情，早点放了丈夫回九块田，就安下心来在唐三山司令家当下人。每天鸡叫就起床，为司令烧开水泡茶、递烟，然后帮小老婆梳洗、打扮、做早饭。饭后打扫卫生、清理内务、洗衣服。送菜的来了便收称、清点，在厨房做午饭。午休时，还要为小老婆打扇赶蚊虫，送冷毛巾擦汗，妆花了帮忙补妆，动作慢了一点就被骂，被掐，被她用鸡毛掸子打……直到唐三山烟瘾过足了，与小老婆上床就寝，已是深夜二更天了，才倒在房中喘口气，从早到晚忙个不停，刚躺下就快天亮了。真是长夜难明赤县天，夫妻分离不团圆。

一个多月后，唐三山的小老婆放话给罗江明："壮丁，只要出钱找人顶替，我也好在司令面前给你说说话呀！"开价一百个大洋可以放。罗江明连夜回到九块田，告知祖母管氏和大房周氏，此时的陈家因代发被抓壮丁，代荣去了王坪，家中弟妹又小，田土又要有人种，吉安场上的生意不见好，哪有一百个大洋去找人顶壮丁哦！一家人为筹壮丁钱急得犹如热锅上的蚂蚁，四处找人、托人借钱，好不容易筹到二三十块钱，交与罗江明送到泸永师管区交给了唐三山的小老婆，求她请司令放人，陈家老少已揭不开锅了。

钱送了，仍不见放人。罗江明打听到，买卖壮丁也成做生意了，小市转角店、水神庙、永丰桥、蓝田坝米市、白招牌人市以及乡场上的茶馆都成了公开半公开的壮丁买卖市场。壮丁家中千方百计典当、借贷筹集钱财，送到师管区赎人，没回来两天，又被另一批人拉去了……

罗江明此时此刻才知道，一家人东拼西凑的大洋打水漂了，丢在唐三山手中，连泡都没冒一个。从街上回来她为丈夫出了个主意，托唐三山的勤务兵给代发带点东西去集训队。代发进了新兵集训队后因识字会书写，成为连长文书，行动相对自由，没训练的壮丁看得紧，收到罗江明的东西，打开一看是枣和桃，连长抓过桃子就咬了一大口，代发把枣子吃了，把剩下的桃子全送给连长，连长无意告诉他："没两天，新兵要开拔去重庆了，你娃跟到我，不会吃亏。"

1948年12月，人民解放军已歼灭国民党军152万人，解放了东北、华北164座城市。华北人民代表大会在石家庄召开，会上成立了华北人民政府。国民党军队节节败退，民国三十八年（1949年）4月21日毛泽东发布命令，向全国进军，解放全中国。4月23日，人民解放军攻克南京。蒋介石妄图以长江之险阻挡人民解放军前进的步伐，以西南之地作为国府堡垒，以挽救风雨之中的中华民国，维系蒋家王朝最后的脸面。8月19日，刘邓发布第二野战军向川黔进军作战的命令。

1948年9月6日，泸永师管区的新兵集训部队奉命开赴重庆，登船出川。得知消息的陈代发认为逃跑的机会来了，乘团部召开连以上军官会，部队管理松懈之时，陈代发早已将朝天门码头出逃线路观察好，来了一个"放屙屎筏子，赵显送灯台"，从厕所翻过后阴沟，越过铁丝网，穿过下水洞，到了长江边，把军衣一脱，沿古纤道小路，连夜逃走。后面传来连长的声音："陈代发这娃跑了，太可惜了，师管区几千人不是去前线，而是去台湾呀！"又听见勤务兵的话："唐司令说龟儿子跳河淹死球了。"

就这样，陈代发逃过劫难。从朝天门起坡，转向璧山，经永川，从松溉、大河、粉店、大磨场到吉安，回到老家九块田。父子、夫妻、兄妹团聚，一家四代人的笑声，在九块田久久回荡。

代发对妻罗江明说："你送来的桃子送给了连长，我只吃了枣，早逃早回家。"

祖母管氏拉着孙儿的手说："代发回来了，全家人安心了。"

弟妹、周氏围上来，把代发上上下下看个够，"当了这么久的兵，是变了，代发变了。"

罗江明把善新儿递给丈夫，"儿子快一岁半了，看一看吧。"代发把儿子高高举过头，又亲又抛，逗得儿子一阵欢笑，笑声让九块田老屋又焕发了生气、欢快与祥和。

晚上，夫妻躺在床上，此刻代发知道，妻子罗江明为了这个家、为了早一天把他从泸永师管区唐三山司令那儿赎回来，去求人帮忙，去托人找关系，去四处借钱筹款，最后去唐司令家帮人……才打听到真实的消息。一干就是大半年，在石洞、九块田来回跑，吃的苦、受的累太多了。他感激妻子为家里所做的一切。他被抓壮丁、去当兵之后，一个陈家上上下下、里里外外的大事小事全压在罗江明身上。大风大浪中，家没散，门户没有垮，九块田还是九块田。代发心里要感激的话太多太多了。罗江明紧紧地依偎在丈夫怀中，两行泪水从脸上滑落……

九块田遥对笔架山，山如笔架而得名。时有竹枝词云：

川山形胜九块田，一支神笔架南山。
九田如砚装浓墨，斗笔描绘泸永天。
女子子曰文章秀，男儿挥毫诗赋篇。
农家耕读诚为本，忠孝传家子孙延。

和和美美大家庭　开枝散叶又添丁

农历四月十九，距陈历和在九块田家中病逝已经二十年了。在他四十个春秋岁月中，留下了"秉承陈氏一门家风、家训，重农耕，敦诗书，诚守信，和生财，乐善施行，教子严，事业兴，家道有成"的评述。祖母管氏白发人送黑发人，回想儿子的音容笑貌，回忆历和儿走过的一生，管氏曾把自己关在房内三天三夜不出门，在菩萨面前为子超度……代发和弟妹为父亲办丧事，"念七"，尽儿女之孝。周氏、罗氏儿媳为公爹披麻戴孝，轮流守灵，罗江明哭祭公爹更伤心，哭诉她嫁到陈家婆婆对她的恩情，对儿媳的呵护、关心。眼看陈家的第二个孙儿就快出世了，公爹却已走了二十年了，没能抱上孙子。

1949 年 4 月 28 日，罗江明在家中生下第二个儿子，丈夫代发按陈家字辈取名"善富"。周氏将善富抱在怀中，仔细观看，相貌端正，太像罗江明，又像代发夫，抱上这个刚出生的孩子，周氏对江明说："二娃由我来带，你好操持家中的大凡小事。"坐月子的罗江明很感谢先嫁到陈家的大姐姐为她娘母操心。陈代发看着儿子善富，叫来大儿子善新说："你是哥哥了，要替你妈多照看小兄弟。"才两岁多一点的陈善新为自己有了小弟弟而高兴。从此，兄弟二人一块儿长大，一块儿上学读书，一块儿帮父母做事……

乡党推举陈代发　布衣保长干半年

风水大师预言，风雨之后，九块田必出人杰，九块田人家必出地方官员……

1949 年，中国北方已是明朗朗的天，北方人民好喜欢。大西南的泸永交界处，省政府在 5 月 15 日任命罗国熙为第七区行政督察专员兼保安司令。下令泸县 10 个区、69 个乡、4 个镇 903 个保必须在 30 天内配齐保长，保以下配甲长，以应对时局变化，组建民众自己的大队并下令抓壮丁，闹得凤仪乡、里仁乡、安贤乡和永川的乐善乡、仙龙乡、吉安乡、大磨乡的民众不得安宁。

九块田隶属凤仪乡四大保七十三甲，因保长外出不归，一保十甲、一甲十户群龙无首，外乡抓壮丁的乘机越界抓壮丁，闹得民众不得安生，本保民众不能自保，十甲民户怨声载道。乡绅们议定联名保举九块田陈历和家老大陈代发当保长，以安定人心，抵制乱抓壮丁，抵制乱摊派，抵制外乡民团乱来，以维护一方治安，为百姓说话办事……

七老八贤来到九块田陈家，递上帖子，请陈老太婆管氏支持孙儿代发出任本保保长，保境安民。管氏打开"诚请代发出任保长一职"书：

本保 100 余户人家，上千老少身家性命、民户财产；一保之治安、义勇民团必有人亲力亲率；皇粮国税、公债派款、公粮进仓必有一保之凭；县府公务派差、抽丁之苦必有人来办；拒外区外乡外保之扰之患须有人领导；一保民众之苦乐惟保长之所系矣。

代发年轻有为，历经时变，办事公道，为民扬善，又是立德立孝之贤，故本保乡贤联名保举出任本乡本保之公职，诚请应允，叩首。民国三十八年孟秋日。

管氏和代发一再推托，请乡绅另选高人，而七老八贤却行之大礼，恭请为本保境内安宁出任保长一职。代发被迫应允，就当个代理保长，绝不辜负七老八贤之托，民众之心愿。

陈代发硬着头皮当了代理保长，想的是如何为乡亲们做点实事，办些好事。然而事与愿违，场上食物价格一涨再涨，一斗米由原来的60元涨到100多元，菜油1斤由五六元涨到十余元，食盐一天一个价，日用的洋油、洋火、洋布也在涨价……乡下农作物又遭水涝，几条河水泛滥，田中水稻、土里的玉米、高粱、红苕大面积受灾，春荒连着夏涝，连小菜秧都长得慢，好多户人家瓜菜都下不了锅了。

7月间，国民政府又发行银圆券，一元换金圆券五亿元。场上商家拒用银圆券，赶场天民众不用国民政府发行的法币、金圆券、银圆券，而是以物易货，城中大商户只认银圆、金条，纸币如同废纸。社会动荡、民心不安、经济萧条，国民政府在西南的统治快土崩瓦解了。9月，罗国熙四处抓壮丁，白天抓，晚上抓，在蓝田办各县民众自卫大队集训，七八千人的队员集体参加川南人民自卫救国会。

城中工人罢工，学生罢课，市民罢市。罗国熙的保安司令部配合西南长官公署城中戒严，抓捕共产党人，抓捕进步人士，抓捕罢工、罢课的工人、学生领袖和群众两千多人，白色恐怖笼罩了川南大地，国民党政府气数已尽了，一轮喷薄而出的红日已升起在东方地平线上。

陈代发为民众办事，为应付上面交办的事，忙忙碌碌，几乎很少休息。他明白，这乱世之秋，他这个民众推荐、乡贤联保的代理保长就应该凭良心为老百姓办事。乡下人一辈子面朝黄土背朝天干，一年四季的劳作也换不来几多粮米、几斤食盐。封闭的农村社会，很少人知道外面的世界，也不知道外边的事态。善良、吃苦、忍受中走来，如今天要变了，代理保长应该为父母乡亲们多做点实事、好事才对得起他们的信任。

每天晚上才回到九块田家中的陈代发，首先是问候祖母管氏的身体，病情有无好转。躺在病床上的管氏知孙儿为乡上的公事忙，为民众办事忙，无暇顾及家小。孙儿一心为乡里，当祖母的心中也欣慰，陈家在乡下也算有头有脸的人户了。她对陈代发说："不要关心我的身体，要多为乡亲们办事，当个布衣保长……有空多关心你老婆罗江明，她又快生了，陈家又要添丁进口了。"

代发说："请祖母放心，孙儿明白。"问候了老人之后代发去跟妻子说说话。罗江明已身怀六甲，挺着一个大肚子还在忙碌家务，周氏牵扶着她来到堂屋坐下。代发为江明倒上一杯水递过去："你两在家辛苦了，江明妻是我们陈家的贤妇孝媳，眼看又要生孩子了，家中事周氏就多做些，让娃儿平安生下来。"

罗江明对代发说："一保之长，大小也是父母官，秉公办事，才得人心。家中再忙都是些田头、地头和锅碗瓢盆日常生活中的小事，上不了正场合。女人生孩子也是很普通的女人事，不要挂在心上。男人是做事的不要婆婆妈妈，大姐周道清会来帮忙的。"听见罗江明轻描淡写地说出的这番话，陈代发无话可说了。

九块田

第六章

匪患猖獗黄瓜山　征粮剿匪卫政权

1949 年 10 月 1 日，北京首都 30 万人在天安门广场集会，举行中华人民共和国开国大典，毛泽东主席向全世界宣告："中华人民共和国中央人民政府今天成立啦！"标志着一百多年来被侵略被奴役的屈辱历史已成过去。中国人民站起来了！

12 月 3 日，中国人民解放军第十军二十八师八十四团从贵州赤水经九支、二里、尧坝、泰安场渡过长江到达高坝、罗汉场，从小市过沱江进入泸州城，宣布泸县解放。13 日，中共泸县委员会成立。15 日，泸县军事管制委员会成立。16 日，泸县人民政府成立。

12 月 4 日，永川县和平解放，永川县人民解放委员会成立。17 日，中共永川县委、县人民政府成立。

土匪反攻倒算　威胁红色政权

正当川南大地人民群众迎解放、庆祝当家作主、建立红色政权之时，被推翻的国民党反动派不甘心失败，妄图秉承蒋介石、四川王陵基的旨意，组织反动武装，负隅顽抗，企图卷土重来，危害一方，借机颠覆刚成立的人民政权。

1949 年末至 1950 年初，在泸县、永川、荣昌、大足县一带，国民党原四十四军团长傅秀元、白升荣、史天运、冯介眉在永川拼凑成立十五兵团边区游击纵队。随后，杨尊安、苏温宗、冯介眉又成立永川县民众自卫队。宋银洲、蒋正南又成立东山游击联合司令部，周述祖、朱涛成立救国军，就连永泸边的乡镇也成立了救国军。

5月16日，永川各地土匪汇集寒婆场，成立"永川县政府"，陈鹤鸣任县长。

泸县潘厚昆、李栋梁、饶正均在龙贯山组建国民党陆军新编第一师，纠集上千人马向人民政权扑来，发起反攻倒算，阻止征粮工作，扰乱民主建乡建镇，实行四处打家劫舍、为非作歹的反革命破坏活动，危及人民政权的建设，危及广大人民群众生命和财产安全。

《永川县志》记载：

1950年1月4日，20多名征粮干部、工作队员、解放军战士到来苏场征粮，途经泸县凤仪场，遭土匪袭击，20多人全部牺牲。

2月14日，匪首宋银洲率匪众1000余人攻打石庙乡人民政府、区政府，2名干部牺牲。

2月15日，土匪大刀队数百人攻打县城西门南门。

2月20日，土匪攻打火石坎，解放军牺牲5人。

3月6日，匪首杨尊安、冯介眉率永川、江津、合江、泸县土匪3000人攻打松溉码头，围镇13天。

3月26日，白云升匪部800余人攻打吉安乡、仙龙乡，解放军死伤2人，被抓9人。

4月4日，匪首杨俊康率2000人攻打乐善张家乡，征粮工作人员牺牲2人。

5月22日，征粮工作队25人前往大磨乡征粮，被四明山土匪500人围攻，队员被抓，解放军阵亡，土匪抢走公粮21万公斤。

救征粮工作队员　土匪持枪猛追杀

3月24日，匪首方允中、杨尊安、周述祖率匪众攻打吉安场、仙龙场、大磨场、五间场乡人民政府。匪焰十分嚣张，匪众分兵直逼泸县、永川交界的立石、土主境内，到处抓保长、甲长，胁迫其参加反革命暴乱。陈代发到泸县小市办事，土匪没抓到人，四处放风，立誓一定要抓到陈代发！

那是1950年3月26日，土匪袭击吉安场、仙龙场，抓住征粮工作队员

5 人，押到吉安场下街铺由团丁看管。陈代发身为代理保长，为关押工作队员送饭，并与场上乡绅商量，千方百计救走工作队员和解放军。陈代发趁土匪开饭放松警戒之时，找来老百姓的衣服给工作队员们换上，巧妙地与团丁周旋，乘机救走被抓的解放军和工作队员，连夜走 40 多里小路把队员和战士送到朱沱，找到了大部队。

土匪发现陈代发一帮保甲长放走了征粮工作队员，四处抓捕陈代发，把吉安场中街、下街、马店搜了好几遍，都没见人影，又转回九块田、笔架山将大小路口堵死。

陈代发从朱沱返回，村民告诉他，家不能回了，土匪到处抓你。得知这一消息，陈代发去了大磨场，刚进场口就被土匪发现了，见是一个穿中山服的人，大喊："抓共产党！"陈代发转身就跑，因道路熟悉、逢坎跳坎、逢沟越沟。土匪大喊站住，子弹从头顶飞过，从身边擦过。土匪追了好几里，追到竹林处不见人了，朝四处放了一排枪弹才返回去了。陈代发逃过一劫，待夜深人静之时拖着受伤的身体，一步一步地走到下半夜才返回家。事后，乡亲们都说是菩萨供得高，保佑了陈代发没被土匪打死。

1950 年 4 月 15 日，西南区党委和军区下达剿匪命令，限期清剿长江北岸的土匪。人民解放军一〇三团、一三五师直属部队在永川、荣昌、泸县三角地带布下了天罗地网。

同年 4 月 29 日，人民解放军大部队围剿仙龙场、喻家坡、太平寨，消灭土匪巢穴的战斗打响了。各乡、保接到人民政府通知，组织民兵、农会、妇会青壮年带上担架、干粮、药品和水随解放军部队参加围剿太平寨的战斗。陈代发率学堂湾和吉安场民众按县人民政府的要求，民工、民兵配合行动。因陈代发熟悉上太平寨子的小路，便为攻打部队指战员带路。

分区副司令员窦尚初亲率解放军一〇三团一营三个连，在泸县、永川、荣昌三县交界处部署了兵力，层层包围、缩小包围圈，把山下土匪赶到山上，困死太平寨中而集中火力全部歼灭。

土匪五六百人妄图凭借古寨易守难攻的险要地形负隅顽抗。太平寨有东、西、南、北四道寨门，寨墙全由条石砌成，墙高丈余，十分坚固，门楼高耸，女儿墙皆为射击孔。墙下有护城河，进门过河有吊桥，寨前有工事，战壕相通，寨中有碉堡，设有土炮、机枪。得知解放军前来攻打，还胁迫寨中民众 300 多人上墙防守，与人民解放军对抗。

当天凌晨，一〇三团突击连连长武志江部攻寨。战士们在火力掩护下扛上竹梯开始强攻，土匪利用土炮、乱石、步枪、机枪阻止进攻，解放军伤亡

10 多人，未能抵进寨门。此时，解放军一、二、三连赶到，营长命 82 炮群轰寨门，20 多发炮弹全部命中，寨墙炸开口子，在冲锋号声中，战士们冲进寨中，匪众企图对抗以待匪援。哪知此刻，其他寨门也同时被攻破，老百姓为解放军清扫战场。民兵、民工担架队上来运弹药、送伤员，送水送饭，帮助收缴匪众武器弹药、粮食与物资。太平寨的土匪被消灭了，盘踞于寨中的匪首苏温宗等被击毙，歼匪 500 余人。

战斗结束时，突击连连长武志江对陈代发说："感谢地方乡亲对解放军的支持，攻打太平寨的胜利也有你们的功劳。"

泸永交界地的剿匪战斗中，154 名解放军战士、西南军大学员、地方干部、共产党员和积极分子为新生的红色政权献出了生命。1950 年 8 月 16 日，泸永两县的残匪全部消灭，匪首被捉拿归案，依法处决。

1950 年岁末，川南区征粮剿匪斗争取得了重大胜利，泸县、永川县的农村成立了农协会（农会），人民当家做主，积极参加新社会、新农村的建设。

全县 11 月下旬开始开展清剿、反霸、减租、退押运动，为受穷受苦的农民、城市贫民从经济上彻底拔除穷根。

12 月，全县又大张旗鼓地开展镇压反革命运动，从政治上保障了人民的权力。

1951 年，在"抗美援朝、保家卫国"的口号中，川南的土地改革试点工作在胡市乡金山村、玉皇观村、临江村相继开展。与之同时宣布的"土地谁种谁收"的政策，受到广大佃农、中农、贫农家庭的拥护，一场大春耕、大生产高潮到来。

祖母管氏历三朝　与世长辞五一年

1951 年 4 月 16 日（农历三月十一）这天，陈代发的祖母管氏仙逝了。

管氏生于清朝同治十一年，壬申岁（1872 年）十一月二十二日子时，永川县乐善乡进里三甲黄荆林屋基，18 岁嫁与本乡吉安场中街铺陈显贵、凌氏之三儿陈远堂为妻，生子陈历和。伴随夫君春耕忙时种田，闲时经商，与人和善，诚信待人，守住家业，在吉安场上受人称赞，大人小孩都叫她"管家婆"。

管氏人生七十九年间经历十分丰富、曲折、坎坷。她在 1913 年时送走了丈夫，1929 年送走了儿子，1947 年又送走了儿媳。白发人送走两个黑发人，儿子和媳妇走后，她跟孙儿代发、代荣、代文住在一起，孙儿们伴她过日子，后来代荣为了躲壮丁，去了王坪，代文又小，衣食冷暖、病痛全是孙儿媳妇罗江明、周氏在打理，后来孙媳生了重孙儿，一家经历，为乡里叹赏。

陈代发、罗江明、周道清为祖母办丧事。代发为祖母写下一生一世的评语，悼念有联云：

能忍人所难，论妇德称陈家之表；
得夫君后死，据恒言则祖婆良多。

在天比翼鸟，在地连理枝，可以成仁，可以取义；
不愿同日生，但愿同日死，吾闻其语，吾见其人。

佛说一尘一刹无量无边妙莲花化身，德门麟鸾代兴，亦复如是；
南无大慈大悲救苦救难观世音菩萨，人海蛟鲸肆虐，母兮奈和。

长江落落，三五红云，比来强半失母，往事催心，吾生茹痛久矣；
大节峨峨，万千辛苦，孝子能无永怀，百年弹指，佛说报恩善哉。

孝贞芳馨，共荷纲常，遍尝尘世艰辛，至此芬芳同天地；
今昔担当，同处堂室，中有吾家血亲，每当跪拜信伤神。

孙媳儿媳尽能之，一点热汤，三分血性；
大家小家常事耳，察乎天地，通乎神明。

伴之祖母魂归西去，风萧萧，夜雨寒。陈代发与家人把祖母安葬在凤仪乡石碑湾。清明时节，代发为祖母扫墓，坟前已是绿草青青，野花点点，芳香扑面。一对烛、三炷香、一碗茶汤拜祭祖母。耳边又响起《思亲歌》：

……
父兮父兮甘勤劳，教儿读书衣蓝袍。
衣得蓝袍自翱翔，语言逆意诉且号。
母兮母兮何眷恋，一时不见抚摩遍。
少值寒暄心胆战，饮不下兮食不咽。

父母不可还，父母恩如天。

恩爱随流水，抱恨常涓涓。

人生至此悲何益，不如生前共朝夕。

百年此身将奈何，年年时祀歌哀歌。

代发一边烧纸，一边回忆祖母的一生，祖母几乎经历了一个世纪的风云：同治皇帝驾崩，慈禧太后垂帘听政、中法战争、李鸿章卖国、康有为变法维新、中日甲午开战、举子公车上书、戊戌变法、辛亥革命孙中山推翻大清、袁世凯复辟当皇帝、举国讨袁、北京"五四运动"、中国共产党成立、中国东西南北军阀割据，抗日战争全面爆发，八年艰苦抗战，内战又起，直到1949年10月1日中华人民共和国成立，广大农村刚完成土地改革，美帝国主义又发动侵朝战争……老百姓盼望安定和平，希望国家强大、人民富裕。刚开始了新生活，好日子已经来临，老人家却走了，望祖母一路走好。

孙媳妇罗江明嫁到陈家，与祖母朝夕相处五六年，与祖母相伴相随，敬老尊贤。生时精心孝养，事事顺从祖母之意。祖母往生，丧葬成礼。今清明上坟，为祖母坟上添土，为祖母墓挂纸以表孙儿媳妇思亲、顺亲、念亲之情。

一家人上坟挂纸后回到九块田，又恢复了往日的生机。

九块田后山

土地改革六月起　自耕自种九块田

1951年6月20日，泸县土地改革全面铺开，第一期在58个乡进行，第二期在110个乡开展，第三期3个乡，于1952年3月，全县完成了土地改革，农民分到了田地，分到了住房。佃农、长工、长年、佣人、丫头、放牛娃分到了耕牛、农具、衣服、种子、粮食、家具，最贫穷的人家分到了瓦房、屋基、生活用品。农民分到了土地，建起了家园，一心一意搞生产，一心一意搞建设，到处都能看到新社会、新气象、新农村一片欣欣向荣的景象，到处都能听到人民翻身当家做主的笑声。四乡八村的农户都在自己的田间地头大干春耕，争取多打粮食、多交公粮，支援抗美援朝。

在泸县和永川县交界的几个乡、二三十个村，土改后呈现出一片人勤春早的气象，时有民谣云：

村村成立农协会，会员当家腰杆硬。
清匪反霸民安宁，减租退押人欢庆。
土地改革家门口，分房分田又分土。
谁种谁收政策好，翻身农民谢政府。
家家户户忙春耕，多交公粮报党恩。
建设我们新中国，工农团结心连心。
互助组，信用社，修塘修堰办水利。
新社会，新气象，农村处处新面貌。

这首民谣唱出了翻身农民的心声，也道出了广大农村在共产党领导下，从此走上社会主义建设的阳光大道，迎来新面貌、新气象的真实写照。

土地改革，使九块田陈代发一家有了新变化。

土改工作组进驻大塘村（三河村、共和村、艾大桥村），对陈家的成分做了认真的调查，对陈家田土进行了丈量，对劳动力也进行评估，对经济条件进行核算，九块薄田，年收成仅有几百斤谷子，全是自种自收，没有佃户，也没雇长工，在吉安场上的商店仅是小本生意，陈代发当保长是代理的，没有上头任命的文件，而且是民众联名推荐，劝他干这差事。代理期间，办事公正，做了许多好事，抵制抓壮丁，抵制上面的派捐派款深得人心。中华人民共和国成立后，主动配合人民政府进行民主改革，冒着生命危险救了征粮工作队队员和解放军，并连夜送到朱沱，返回时又被土匪追杀。解放军攻打太平寨，组织民工支前，主动带路运送伤员，受到表扬。政治立场、现实表现、家中经济状况，在乡里民众中都有口碑。经土改工作组综合评定为自耕中农成分。房屋、九块田属陈代发一家老少所有。

原大塘村老支部书记周子云说："陈家有田土，有瓦房，开糖房，又当了几个月的代理保长，按当时土改划成分，陈家应划为工商业小地主成分。报批审核时，土改工作组领导认为，'陈代发代理保长是不自愿的，是民众联名保荐，属实。任职中为老百姓办实事、办好事，民众信任，有政声。冒生命危险救工作队队员，功不可没，参加喻家坡太平寨剿匪支前工作受到首长好评，鉴于上述评定为自耕中农。'并交农协会讨论，农协会同意土改工作组的评定，陈家为中农成分。"

土改工作组来到九块田，一是代表政府民政部门来慰问陈代发，为征粮剿匪斗争的胜利做了贡献，二来告诉他家成分被划为中农，是符合条件的，询问他有什么意见和要求。陈代发感谢人民政府，对土改划成分定为中农没有意见，同时表示，儿孙跟党走，为建设新中国出力。

送走了土改工作组，陈代发对妻儿讲："共产党的土地改革政策好，对我们陈家是开恩了，我们一家坚决跟着共产党、毛主席，建设社会主义新农村，子子孙孙不忘本，干好该干的事，感谢共产党。"

罗江明对丈夫说："如今天下太平，一家人不再为抓壮丁东躲西藏，娃儿也不会担心被抓去炼飞机油了，只要一家老少好，守住九块田，就是守住金山银山，守住了衣食饭碗。"

1953年11月17日，代发和江明的三儿出生，家中又添一丁，取名陈善超。

1956年8月24日，代发和罗江明喜得一女，如今陈家已有三儿一女，女儿取名陈善英。这年代发42岁，罗江明34岁。

陈代发因那年救征粮工作队员返回途中被土匪追杀，跑了十几里路才捡回一条命，在逃跑的路上摔坏了身体，内脏受重创，如今时常疼痛难忍，最初还能挺过去，捡几副中草药吃了好了一阵子，没治到根，老病时发，使已过不惑之年的陈代发病情加重了，几乎不能下田土干活，更不能挑抬。家里七八个人的吃穿担子全落在罗江明身上。

泸县农村一天天在变化，先是互助组，后建初级合作社，各家各户的土地也入了农业社。场上的商店、铺子也进行私营工商业改造，成为公私合营企业、合作商店。吉安场上的姑子陈代珍家也进了供销社，九孃陈代珍被安排在旅店餐馆工作。

第七章

灾荒年月有真情　全家齐心谋生存

在罗江明一生的经历中，1958 年至 1960 年这三年，就是一道坎，是一段难忘的家事。

村里成立初级社，又组建高级农业合作社。社员家原来的山、田、土、林全入合作社。成立人民公社后，房前屋后、院坝几乎没种葱葱蒜苗，也没种点秧秧、瓜豆苗……所需食粮凭生产队工分记账分配，家中的日子一天比一天紧起来。

乡中流行性脑膜炎　娘母单方草药救儿命

1958 年二三月间，一场流行性脑膜炎在泸（县）永（川）交界处的泸永乡、永泸乡泛滥开来，几天之内村中十一二岁的少年几乎都被传染上了脑膜炎。九眼仓学堂读书的娃儿都不敢上学了。

流行性脑膜炎如瘟神一样闯进了九块田陈家，大儿子陈善新在上学时被传染上了。回到家中，让父母大吃一惊，面部通红、额头烧得烫人、两眼充血、只想喝水……发病时，善新还勉强能靠在门枋上坐着，不到两个时辰就坐不住了，躺在床上高烧不退，家中又拿不出钱去找医生看病，看见儿子那双求生的大眼睛，作为母亲的罗江明心都快碎了，不能再干等了，送医院。同时想办法上山、下沟头去找草药来吃，救儿命要紧。

三十五六岁的罗江明从小就认识许多草药，也知紫苏、生姜、葱白、桑叶、黄荆、薄荷、风寒草解表；晓得枇杷叶、五皮风、兔耳风、竹茹、地白菜、金佛草止咳化痰；小儿健脾消积（食）去找鱼鳅串、萝卜头、卷子树根、野兰撬、鸡内筋、刺梨根；清热解毒要用夏枯草、刺黄芩、水黄连、虎耳草、灯笼花、芦竹根、

灯笼花

银花藤、野菊花、马齿苋、地龙胆、猪鼻孔、席草根、牛耳大黄、铁马鞭、马蹄草；治头痛要用野菊花、水薄荷、紫苏、水荆芥、辰砂草、香巴茅、生姜、葱白煎水来喝。

观察儿子病情、症状后，她去找了吉安场上的老中医，也去问了问卫生院西医，还去问了大磨场新牌坊下杏林药铺头坐堂太医，他们都认为善新得的是流行性脑膜炎，此病传染快、发病率高，不赶快医治，则有生命危险。

罗江明听了医生的诊断，回来路上一路找草药。找了银花藤、夏枯草、灯笼花、地丁草、芦竹根、水苇根、刺黄连，装了一大包，弄回家中煎水让善新喝，儿子牙口紧闭，已张不开口了。罗江明把药含在口中对着儿子的嘴，一口一口喂下去。两天后，儿子眼睛开了，可头依然发烫。罗江明又上山去采来灯笼花、鱼鳅串、银花、夏枯草切烂在磨中推成浆，煮好，一瓢一瓢地灌下去，药汤苦啊，娃儿吞不下喷得罗江明一脸都是药水。她对儿子说："幺儿喝下药，你会好起来，又可以去上学了。"儿子听后就大口喝了下去。

此时，同村的好多娃儿都停在板板上了……准备抬出去埋了。罗江明不听这些，也不管别人说什么，一定要把大儿医治好，还告诉别人，我家善新儿的命硬，不会死！

几大包草药煎水喝了，也磨成浆吞下去了，娃儿的病情真的好转了，头不发烫，面不红了。罗江明又去吉安场问卫生院的医生，医生听了她的那些草药，简直是良药妙方，要她继续给娃儿吃。娃儿在医院的治疗加上罗江明的草药辅助下，很快就好了。

场上老中医告诉她，回家去再找点马蹄花、白茅根、银花藤、荷叶、竹笋煎水吃，一天四五次。在罗江明的精心照料下，陈善新一天天好起来，

自己能喝药了，不是一天喝几次，而是把药水当开水喝。罗江明还用药渣煎水给善新儿洗头、擦身，说是大清除、大拔毒。果然这一做法真灵，内服医病，外洗治标，标本同治。一个多月后，陈善新的脑膜炎被罗江明的几大包草药治好了。

陈代发担心儿子的脑膜炎留下后遗症，一天，拿上书本来考问善新，要他背诵《弟子规》。善新不假思索就背诵起来：

弟子规，圣人训。

首孝悌，次谨信。

泛爱众，而亲仁。

有余力，则学文。

父母呼，应勿缓。

父母命，行勿懒。

父母教，须敬听。

父母责，须顺承。

冬则温，夏则清。

晨则省，昏则定。

出必告，反必面。

居有常，业毋变。

事虽小，勿擅为。

苟擅为，子道亏。

物虽小，勿私藏。

苟私藏，亲心伤。

……

代发一听，一字不差，儿子虽生这场大病，但未有什么后遗症，夫妻俩为儿子病愈而高兴。流行性脑膜炎过后，学校又开学了。善新回到学校，老师也为之庆幸。这娃命大，逃过此劫，天降大任于斯人也。老师告诉他，是母亲救了他，母亲为你寻医找药、煎药、喂药，付出多少苦和累，付出多少辛酸与泪水，付出了母亲全部的爱才捡回你这条小命。要他记住母亲是人世间最伟大的人，长大后一定要好好地报答生你养你的父母亲。

老师送唐代诗人孟郊的《游子吟》给陈善新：

慈母手中线，游子身上衣。

临行密密缝，意恐迟迟归。

谁言寸草心，报得三春晖。

　　这首诗唱出了天下儿女共同的心声。母亲十月怀胎，一朝分娩，无限艰辛，只需听到一声婴儿的啼哭，母亲就满足了，就忘记了过去的一切痛苦，而对未来充满甜蜜的向往，从此决心与子女相依为命。

　　1958年12月，泸州地委书记邓自力到泸县检查工作，社员代表向他反映，农村公共食堂能不能在逢年过节分点东西给社员拿回家去团年过节。邓自力和地委负责人一碰头，认为社员要求回家过年是合理的。于是规定1959年春节允许社员回家煮饭吃，并划给社员少量饲料地和自留地。同年4月份又改公社统一核算为公社、管区（大队）、生产队三级核算，取消供给制，恢复按劳分配。

　　社员有了饲料地和自留地，又喂起了猪儿，生活也有盼头了。

　　在农村，只要有土地，劳动100天就有饭吃，种苞谷、高粱、红苕就可以填肚子；十天半个月，只要人勤快、天道好，撒点白菜秧秧，种点小菜苗苗，家中就有菜吃。若是喂一窝鸡，鸡生蛋，蛋又孵出小鸡，家中就有了油盐钱。种的白菜叶，20天就可以下锅，种豆豆果果60天就有收成。社员们因为有了点自留地，家中的日子一天天好起来。

　　但1959年8月，"左"倾妖风再次刮起，泸县又打破了三级核算，"大兵团""大食堂"又风行全县。

　　川南地区社员分的自留地被收回去了，公共食堂按人定量，生产队按工分配发口粮。1960年2月，遇春荒，九块田陈家七口人无全劳动力，只能到生产队去领点儿救灾粮，生产队把储备粮、种子都借出来了，依然难让劳弱户度过灾荒年。

　　共和村、老贯田是陈家寄住的地方，自九块田屋基年久失修墙角垮塌之后，老少搬到刘湾。举目四望，灾荒年辰不管搬到哪儿都找不到粮食，山上、土头、坡上、沟头能吃的野菜、树叶、树皮、青杠树仔、桂圆米米、甘蔗渣渣与麦麸皮拌在一起，又磨成粉粉做成粑粑来吃，吞不下就用水拌着吃，吞下去不消化，也拉不出屎来，大人有办法，娃儿们只有哭，当父母的用手去抠，把石头一样硬的东西抠出来，娃儿痛得哭爹喊娘。

　　罗江明每天出工，几乎只喝点汤汤水水，忍饥挨饿，常晕倒在干活的田土中，醒过来吃几口井水又干活了。她很清楚，人倒下去了工分就记不成了，一大家子人吃什么啊！

善新、善富、善超三兄弟很有孝心，放学回家路上，要从刘湾正冲田回屋就下田去摸鱼鳅、抠黄鳝，去沟头搬螃蟹，到溪沟头去撮鱼儿，堰沟处去安虾耙，运气好就有鱼钻进来，提回家给父母熬汤补身子。有时又上山去打野味，去干田中掏鼠窝，抓蚱蜢、蝗虫烧来吃，去清红苕根根，割牛皮菜的头头煮来吃，找田边地角的野梨子、薅秧苞、蛇苞、岩胡豆、野藤结的八月瓜背回家，供一家人填肚皮。

灾荒年辰缺衣少食　吉安姑子慷慨救助

1961 年春荒连着夏旱。陈家已经揭不开锅了。罗江明不忍一家老少就这样饿着，乘吉安场赶场天去找九妹陈代珍想点办法，看能不能多少救济一些。陈代珍夫妇在吉安场上做点小生意，日子还过得去，公私合营后，男人进了吉安乡供销社，她进了供销社下面的餐旅馆工作。姑嫂一见面，总有说不完的心里话，摆不完的龙门阵。当听说大嫂家揭不开锅了，陈代珍很是心疼，叫大嫂等一会儿，她去去就来。一会儿陈代珍就端上一大碗菜冒饭来，还有几片肉，叫大嫂赶快吃，吃了身上就暖和了。

罗江明端着小姑子送来的这碗饭，眼泪瞬间就掉了下来。小姑子太同情大嫂了，一大家人吃和穿的担子全压在她肩上，做女人难，做母亲难，管理好一个大家庭更难。罗江明用筷子往饭里一扒，下面是杂酱面，油珠珠冒出来，味道好香哦！灾荒年辰能上场来打个牙祭，喝点油汤汤简直是睡着都会笑醒了。坐在对面的小姑子看着大嫂把菜冒饭和面吃得干干净净，连一点儿汤都不剩，便知道大嫂为陈家老少不知饿了多少顿了。

姑嫂无话不说，无事不摆。陈代珍才知道，大哥代发 1950 年初受了内伤，什么活路都不能干了。家中侄儿侄女好几个，还有周大嫂，无劳动力挣工分，生产队分粮少。大嫂上街来是打听能不能农闲时做点小生意来贴补一家人过日子。小姑子和姑爷是供销社的，门路宽，朋友多，又对周边场的消息知根知底，为大嫂出了许多好主意，让大嫂回家与大哥商量，商量好了再做点小生意，去赶溜溜场，赚点差价钱。

姑嫂分手后，陈代珍又去包了一大包吃的，叫她拿回家去，加点叶叶菜让大人娃儿开开荤，抹一抹嘴皮子。小姑子告诉她，有空就上街来，有事就来找你九妹，没有过不去的坎。

罗江明回到家中，把小姑子送的一大包东西打开一看，有猪油渣、酥肉、肥肉坨坨和一块牛肉，儿女们一看，口水都流出来了，争着要尝一尝。罗江明拿了一坨酥肉给幺女善英，几兄妹一齐跑出了门外，你分一点，我尝一点，好长时间没吃肉了，好高兴哟！拉起手，转起圈，唱起母亲教的童谣：

> 胖娃胖嘟嘟，骑马下泸州。
> 泸州好好耍，胖娃吃嘎嘎。
> 胖娃胖，常来尿，屙屎屙在脸巴上。
> 老汉气得双脚跳，胖娃耍赖不认账。

听见娃儿们的欢笑声，罗江明用包回来的油渣煮汤，蒸上酥肉与红苕，牛肉不吃，挂在灶头前熏起，下顿再吃。闻着香喷喷的几大碗饭菜，一家人围桌而吃，六七双筷子下碗，全家人吃得太开心了，几乎与过年一样……

只要陈家人从泸永乡刘湾来，吉安场上的小姑子陈代珍、姑爷老孔都要想方设法给一家子弄点猪杂碎、槽头肉，或者拿把面，找点土豆、红苕，有时把省下来的粮票买成米，叫侄儿侄女背回去，临走时，一定要娃儿吃碗面才走，望着侄儿侄女回家的背影，心中总是有一种说不出来的滋味。

送走了 1960 年的灾荒年，人们还没喘过气来，进入 1961 年 5 月，旱情又转为雨情，从 4 月 25 日至 6 月 28 日，老天爷的雨下个不停，早稻、中稻的栽插都成了大问题，栽的秧苗被雨水、田水淹没，长不出谷节来。刘湾陈家又断粮了，只好又向生产队借储备粮 100 斤，如果加上菜叶叶、菜根根、汤汤水水凑合吃，可以熬到秋收时。

按规定只有劳弱户、无粮户才能向生产队借得到粮。陈家在 20 世纪六七十年代因人多，又无全劳动力，罗江明上工只算半个劳动力，代发有病，周氏一双小脚不能下田土干活，几个娃儿大的十来岁，小的六七岁，挑不能挑，抬不能抬，又在读书上学，只有放学回家后去背点柴草，去坡上割回牛草、猪草喂生产队的牛和猪，可以挣点工分。陈家为生产队喂了牲畜，经生产队研究才借给了陈家储备粮。

灾荒年，粮食定量，每人每天 3 两米。到年底按各家各户挣的工分多少来分配，工分多分得多，工分少粮食就分得少。陈家人多缺劳力，所以年终分红、分粮就少，成为生产队的缺粮户、救济户、困难大户。罗江明与代发商量，陈家虽然是村里的劳弱户，没有主劳力，但有次劳动力、附劳力①。只要咬紧牙关挺上几年，娃儿们长大了，家里就有主劳力了，不再任人看不起。

1961年的下半年，中共中央下发了《关于农村人民公社当前政策问题的紧急指示信》。陈代发从公社广播中听完这封给农村公社干部和社员的公开信后，太兴奋了，太高兴了。党中央的这封信，把农村的情况调查得一清二楚，也强调要坚决纠正"大锅饭""共产风""一平二调""大兵团"作战、集中指挥农业生产的情形，通知解散公共食堂，恢复社员自留地、自留山和家庭副业，按劳分配，纠正平均主义，退赔耕牛、生猪、粮食、房屋、农具，退回平调的土地。把斟酌核算单位下放到生产队，推行公开、公平、公正的生产队计划管理、财务管理、劳动管理、物资管理。

1961年11月，泸县通知，生猪饲养下放，公养私养并举，以私养为主，执行生猪购留各半（上交统购生猪一只，自家留杀一只）。政策下来，大大地调动了家家户户喂猪的积极性，农村副业经济开始复苏了。

陈家人多，按人头划分的自留地、自留山也就多。有了自留地，就有了金山银山，有了一家人的油盐柴米钱；有了自留山，就等于有了农民自己的银行；植树造林，栽种竹子、果树，林下又可放牛、放养生猪、喂鸡仔，若是种有桃木李果、龙眼、荔枝、柑橘，坡上再种桑麻，种甘蔗榨糖，种药材交国家，土特产背到场上去卖，又可换回日用品……年复一年，周而复始，陈家九块田又成了宝贝田，家后的山成为宝贝山。

1962年10月，农村公社开展清理账目、清理财务、清理仓库、清理工分的"小四清"运动，到1964年3月结束，11月，省、地市在农村开展清政治、清经济、清思想、清组织的"四清"运动，历时一年多的"四清""四不清"问题波及泸永公社的干部，运动中一些干部受处理，一场农村社会主义教育运动在"社教工作团"的主持下开展，好多年后，错批、错斗的干部才得以复查纠正，"社教"挫伤了广大农村基层干部的积极性，虽然予以纠正，当年的"下楼、洗澡"一直让干部们记忆犹新。

罗江明每天起床的第一件事就是安排丈夫代发辅导娃娃们复习功课，完成老师布置的作业，预习新的课程，然后自己背上背篼、拿上镰刀去割猪草，去土头办菜，准备好一家人的早饭。送走上学的儿女，她挑上新鲜的小菜走七八里路去赶吉安场，也顺便给小姑子陈德珍家砍几窝新鲜蔬菜去，若是鸡下了蛋还会提上一二十个给姑爷补补身子。逢年过节备上礼品给小姑子

---

①主劳力指男子；次劳力指妇女；附劳力指少年。

家送节拜年。两姑嫂你来我往，几十年间从未间断，亲情大于天，深似海。"乡头有了自留地、自留山，手头活动多了。城头人啥子都兴票，没有购物票寸步难行，什么油票、盐巴票、肉票、烟票、煤油票，针织品、鞋、火柴、肥皂、烧酒……都要票。乡下种的菜籽交了统购可以自己榨油，喂猪交购一条，自己杀一条，地边种几行叶子烟，够代发抽一年，松明子柴山上有，不要什么灯油，用皂角泡水洗衣服、洗头干净得很，不用城头人的肥皂、胰子（香皂），只要收了高粱就可以到糟房去换酒……"大嫂一席话让小姑子哈哈大笑起来。"1960年灾荒年那时候不是九妹救济大嫂一家，哪有今天给你送点东西来？"两姑嫂一见面总是有说不完的话，摆不完的家务事，姑子留大嫂吃了晌午走，罗江明总是说家头事情多，要下田，要喂牛，要给大人娃儿做饭，活路多得干不完，说罢，挑上篮子就往回走。看见大嫂风风火火赶路的背影，陈代珍这个小姑子放心了，高兴地笑了。

儿女挑煤上吉安　只为挣点盐巴钱

　　吉安场是个物资集散地。永川、泸永、荣昌的人都到这儿做生意，场上人口多，这些人要吃、要住，给场上的各行各业带来生意，场上犹缺烧柴、煤炭。罗江明知晓这一事，儿子善新、善富十三四岁就去周边的煤厂挑煤，到过老兴厂、天兴厂、丫塘湾、桐子坪、叫花岩、岩湾、赵家湾、新厂煤窑去挑煤卖，开头挑三十几斤，后来要挑六七十斤，还去过毗卢寺三元煤矿挑，来回要大半天。挣点力气钱交给母亲存起，开学时交学杂费。他们挑到吉安场去卖，大多在九嬢店子门口歇口气，喝碗老荫茶又走，煤炭坝市场热闹得很，煤交给马帮后又被卖到更远的地方。

　　善新、善富去煤厂挑煤，在井口看见挖煤工从煤洞中把煤炭拖出来，只见两个眼珠转，周身上下都是黑乎乎的。那首《采煤子》的歌，道出挖煤人的艰辛、劳苦：

　　耳边火炼子[①]，腰间拴绳子。
　　下洞没裤子，围块汗帕子。

　　———————————

　　①火炼子：泸县、永川黄瓜山小煤矿周边人抽烟点火的工具，由土纸卷成细棍，点燃引火，下井时也作探路用。小煤窑、小煤井用传统方法挖煤，在井口可见"耳边火炼子"现象。

挖煤用啄子，刨煤用锹子。
运煤竹船子，照明油壶子。
吃的苦荞子，躲雨草棚子。
寒冬提炉子，一身煤灰子。
出井人不识，只见眼珠子。

在泸永黄瓜山，煤成了经济的支柱，吉安场边的煤储量在 1000 万吨以上，资源相当丰富。有竹枝词云：

泸永黄瓜山，乌金藏山间。
煤炭挖不尽，四方买家来。
人挑马驮忙，昼夜挑灯干。
松溉码头船，朱沱运出川。

山下难买炭，灶房不冒烟。
多亏挑煤汉，井口来挑炭。
送到大磨场，挑煤上吉安。
家家炉火旺，红炉冒青烟。

挑煤男儿挑煤汉，一根扁担三尺三。
为填肚儿来挑炭，一天来回脚板翻。
汗如雨下无人问，换来苞谷煮稀饭。
不是生来就命苦，哪个龟儿挑煤炭。

竹枝词唱出了挑煤炭人的辛劳苦衷，也吼出了劳动人民的心声。

陈代发的三儿善超人虽小，十来岁就同两个哥哥到煤厂去挑煤，早上走得早，露气大，露水多，走拢煤洞口，裤子全湿透了，井口风又大，一会儿就把湿衣裤吹干了。天长地久在田头干活，扯水，清理堰塘、堰沟，得了风湿病，加上家中经济条件又不大好，无钱根治，全靠罗江明扯了草药来治，不能断根，就成了老毛病，让一家人都担着心。

罗江明为给三儿凑点药钱，自己在家把甘蔗榨水熬糖做麻糖，去赶吉安、王坪、来苏场，听说松溉码头大，人多，又背上麻糖去松溉码头，一天来回百多里，第二天一早又去赶朱沱镇。罗江明的麻糖白净，口感好，入口化渣，不黏牙，老少都爱吃，今天买了，下场天又认准她的麻糖，回头客多，生意也越做越好。她的麻糖出了名，许多场上的糖果店也上门来订货。一家人都动手扯麻糖，扯得越长筋丝越好，麻糖冷了就甜脆，化渣好卖。

吉安场上的小姑子陈代珍店门口也设了个麻糖专卖摊位，每逢二、五、九赶场天，吉安街上的人都来买，生意好，一会儿就"幺摊"①，又等二场天早点来。

一个中国农民的家庭里，在求生存的道路上每个成员都有自己的办法，都有自己的路子。母亲罗江明的思维、主意和行动为儿女们的言行做出了榜样，影响了儿女们的一生。母亲为一家的生计，为儿女们的成长一直在盘算着、计划着、安排着，也实施着。人穷志不能穷，男儿有志在四方，女儿有德不仅仅是厅堂。夫妻俩下了狠心，娃娃们无论如何也要上几年学，去读几年书。识字、读书、明理方有报国感恩之本。

陈代发是乡里的读书人，年轻时闯荡江湖，见过大世面，代理保长之职秉公为民办好事，土改时，民众皆有口碑，让土改工作组刮目相看。每当娃儿上学读书，拜师学艺，他夫妻俩必备拜师礼登门以谢，道之所存，师之所存，师道之尊严不可废。

从大儿子善新去九眼仓上小学，上中学，考上农中到回乡种田，到泸永乡农机站拜师学艺，每一步都是在《师说》教诲中，鼓励儿女要刻苦读书，早日长大、立志成人。二儿、三儿、幺女都上学了。陈氏一门四学士，儿女们未来的人生路都是从读书识字开始的。天下做父母的人谁都如此，在子女求学路上为孩子们勾勒明天的生活。

---

①幺摊：方言，卖完了。

第八章

男儿有艺不孤身　人不离乡身不贵

在农村，凡是有泥、木、石、铁匠手艺的人家，经济条件都比只种田的人家好。千百年来，生在农村的孩子到了十多岁时，其父母都会千方百计去托人为儿子找个有手艺的师傅学一门手艺，以养家糊口，为家中挣点油盐柴米钱……

吉星高照九块田　善新招进农机站

当时，革委会下达"抓革命，促生产"任务，在农村深入开展。

泸永乡（公社）农机站引进绳索牵引犁、机引耙、水泵、抽水机、小四轮拖拉机、手扶拖拉机等机械设备，为了尽快推广使用，农机站潘成银、张德久向公社推荐了有文化、会点农机维修的陈善新，经大队支书彭炳林、生产队长康继福同意，报公社批准，陈善新进入了设在刘湾场的公社农机站，成为泸永（乡）人民公社农机站第一个农机手。1966 年 3 月 16 日，正是各村农家准备春耕时。

那年头，管抽水机、提灌机具的师傅简直是稀缺的人才。各大队有木匠、石匠、泥瓦匠、铁匠，也有杀猪匠、刀儿匠和赤脚医生，而会操作机具、电机打米机，会抽水的人少之又少。

泸永乡农机站老房子，20世纪60年代末，陈善新在这里拜师学艺

　　陈善新进了公社农机站后，给自己制定了一个计划：尊重领导、尊重师傅、团结同志、努力学习，熟悉农机站的设备、机具性能、功能，钻研维修技术，上门为乡亲们服务，一心一意干好工作。不到半年时间，善新把抽水机各种型号的水泵、马达、柴油机、水管、接口、卡套、电机线路、配电装置弄得得心应手，应用自如。不管哪个大队、哪个村、哪家哪户，在哪块田、哪条堰沟抽水，善新接到通知拉上设备就去了，从不耽误乡亲的事，不耽误田头地头庄稼浇水。

　　农忙时节，家家户户抢栽抢种，到处都需抽水机去抽水，尤其是大片大片的雷响田、幺姑田、塝上田，全靠水泵抽水灌田、犁牛、耙田。农机站的抽水机保重点，保坡上农田抽水，高处的水可以灌地势低一点的田。

　　需要抽水的人户多了，抽水器具常熄火出问题，抽不出水乡亲们心急，陈善新也急，一边修理，一边安慰用水户不要急，一会儿就好。把机器零件拆下来检查，从曲轴、油缸，到轴瓦、缸盖、下轮，一二十分钟就找到了原因，拆换零件，组装好，一推电闸，抽水机又动起来了。农户看到白哗哗的水流入田中，一张脸笑得无比开心，拿出纸烟答谢，感谢农机站的技术师傅有板眼、手艺好，善新的两只耳朵上放的都是乡亲们递给他的"和气草"（香烟）。

公社农机站为农业生产出了大力，为农家满栽满插走遍了各大队和生产队的田，为农业丰收增产做了贡献。农机站受到公社表扬，师傅们已把全部技术教给了陈善新，后来他当了公社农机站的站长。从1966年到1982年，这十多年中，陈善新明白了一个道理：农业机械化才能改变千百年传统的农耕方式，机械化的推广应用能让农村劳动力从又苦又累的劳作方式中解放出来。

哲人说，在生存、发展、变革、前进的各个时段，只要抓住机会，就会让生存的空间越来越大；就会为一个地区、一个部门、一个单元在发展中升级、提速抢占制高点；就会在变革中破旧立新、大胆创新，敢于挑战自我，去攀登新的台阶；就会不间断地去求索、去思考、去追梦……

母亲罗江明时常告诉陈善新，如今从一个农民变成了农机站的负责人，全公社的人都盯着你，全泸永乡的村民在看着你，做事凭良心讲诚信，办好农机站要多动动脑筋，欠公家的债要抓紧还，欠乡亲的人情也要抓紧还。知恩图报，是我们陈家的规矩……要牢记在心，行于在事。

1973年，泸县在治山治水、农业学大寨的高潮中，举全县之人力、物力、财力先后修建三溪水库和水利灌溉的人工天河——渡槽工程，干支渠长达1500多千米，灌溉面积达32万多亩，5个区、17个乡、109个村的农田受益。

家门口的艾大桥水库1980年12月建成了枢纽工程，库容量达到1164万立方米，泸县、永川县的灌溉面积达3万多亩。泸永乡的农民受益，永泸乡的民众也受益。

身为乡农机站站长的陈善新增加了农机站的服务项目，利用自筹资金添置了打米机、磨面机、饲料粉碎机、脱粒机、打谷机、水耕机、手动喷雾器、机动喷雾器等，后来又有了运输机具，用拖拉机办运输服务项目。为方便社员购买生产、生活用品，又在农机站增设了小商品店，开展便民便农的大农机站服务业。

1978年，公社的经营体制实行承包经营的改革，实行包产到组、包产到户，后来土地使用权下放到户、产量承包，由各户分摊公粮、统购、订购、公共费用集体提留。承包经营、土地下放的政策，又一次给农业、农村、农民注入了新的活力，农民的生产积极性空前高涨。

农机站的服务项目增加了，业务也一天比一天多起来，让陈家人一天到晚都有做不完的事，各种干不完的业务和项目。母亲罗江明看见儿子和媳妇，家里忙，农机站忙，小商店也忙个不停，便主动来到刘湾农机站，帮儿和媳妇干点家务事，做三顿饭，有时还去接一接电话，帮忙喊一喊人，代收拖拉机运回来的农资物件、化肥、水泥、薄膜、农具、种子……一样一样搬进站来码好，通知人来背回去。罗江明成了农机站的义务管理员。

罗江明在农机站

儿子在农机站的固定收入，都交给罗江明保管，后来，按乡下老规矩，交给儿媳妇罗应芳来管。见儿媳妇把这个家管理得有条不紊，帮儿子管理农机站的业务有板有眼，老人家放心了，就和丈夫商量，把家中大小事务全交儿媳妇来管，自己也好一心一意服侍多病的丈夫，同时和大姐周道清做点家务，把门前的自留地种好，把几个孙儿女带好，尽享天伦之乐。

陈善新夫妇

罗江明看到大儿善新的事业起步了，一家人都为农机站的事忙碌，又为二儿善富安排生活和路子。在农村一定要学一门吃饭挣钱的手艺，才能

罗江明和大姐周道清

成家立业，罗江明去立石场尾上与兄弟艾树全商量，让善富跟三舅学木匠，拜个师傅，也好为兄弟当个帮手，教他做"小墨"①，传授吃饭的本事。自家姐姐上门来为外侄拜师学艺之事求情，还说什么呢，当即就答应了。三舅妈李素英也愿意，家中不仅来了亲亲的外侄儿，也来了个徒弟帮手。善富成了三舅的大徒弟，学做小木匠了。

三儿善超身体差，从小身子就弱，加上困难年月挣工分、做小生意、东奔西走谋一家老少的生活，罗江明也没把心思放在三儿身上。他从小就吃苦、受累，割牛草、打猪草、背柴草、做家务、带妹妹，九块田土的活路见啥干啥，饱一顿，饿一顿。一年四季不知春夏秋冬，也不能照看自己，得了风湿病，又无钱医治，一拖再拖，拖成了老毛病。娃儿多了，也顾不上谁。自古俗语说得好，五行八字命生存，由命不由人。成龙的上天，变蛇的钻草。罗江明总觉得对不起三儿，就给大儿媳妇罗应芳说，叫善超到农机站去帮忙，为哥嫂看好屋基，做点力所能及的事。大嫂答应了，善超到刘湾农机站去代管小商店，也算有份工作了。

幺女善英，在大哥进农机站工作时才 10 岁，在吉安场九眼仓小学读书，小学毕业考上吉安乡中学读书，1980 年 2 月与同班同学周裕坤结婚，嫁到

---

①小墨：做家具、雕刻的细活，与大墨、修房造屋配套的木工活。

吉安乡铜凉八队周裕坤家，干了几年农活，1985 年随军，一直在丈夫周裕坤身边，1996 年回到立石，在大哥公司当出纳。

丈夫临终遗训　忠孝、诚信、勤俭……

　　泸县与永川县交界的两乡十余村内的乡亲，几乎没有人不知道艾大桥泸永乡刘湾农机站的负责人叫陈善新，他把一个乡农机站管理得风生水起，为方圆数十里的农家办了许许多多的好事。他开着一台丰收 3-5 型拖拉机，在泸永乡、团结乡、立石镇、土主乡境内跑运输为乡亲们拉化肥、氨水、

立石古镇

种子、农药、煤炭、水泥、砖瓦、木料，送送公粮，回来又拉点商店的小百货、小五金、小商品。后来，就拉货物跑临近的永川县吉安乡、大磨乡、王坪乡、来苏镇、仙龙乡、五间、张家、粉店，去远一点的永昌、朱沱、松溉码头拉木材、砂石，到泸县福集氮肥厂拉化肥、拉氨水，去更远的地方为林场运树苗、树种，去泸县新民煤矿拉煤炭，玄滩运粮食，到三溪口水库拉鱼下江津、重庆。

经过几年的努力与辛苦，善新还清了乡农机站欠供销社、农资公司、信用社的老账，还为农机站添置了新的农机具。

善新还把家中在刘湾的房子也进行了培修，一家人的日子一天天好起来。然而，父亲陈代发的病情却始终不见好转，三弟善超的风湿病时好时坏，揪住了陈家人的心。

躺在病床上的陈代发知道自己时日已经不多了，叫妻儿来到床前，说："我这一生已过花甲了，世间上的事经历不少，每走一步都同为妻一块儿度过。1950年初，救征粮工作队队员去朱沱返回九块田，被土匪追杀，为逃命伤了骨头骨节，伤了内脏，这些年多亏江明精心照料，四处寻医问药，求了许多单方，才拖到今天。如今农村政策好了，农民有盼头了，家中都有小算盘了。我们陈家祖先从湖南新化入川，就落业在泸永处，不管是永川的乐善乡，还是泸县的凤仪土主乡，都是县挨县，乡挨乡，村挨村，山水相依，人脉相连。虽然从吉安场中街迁到九块田，是为子孙学历有成而效法古人'孟母三迁'，目的是为后人寻找一处宜居、宜业、宜发展的环境。古人有'水不在深，有龙则灵，山不在高，有仙则名'，就是这个道理。祖父远堂公和祖母管氏、夏氏把吉安场中街铺顶出去选了九块田居住，父亲和母亲史氏为陈氏生了三个儿两个女，谓之人丁兴旺，到了我这一辈，又是三儿一女，陈氏家族血脉延绵，乃祖上福荫。善新的事业也开了个头，要抓住国家方针政策，不要放过机会，大胆去闯闯，男子汉志在四方。善富学木匠干的手艺活，艺精于勤，勤能补拙，三舅是个有本事的人，解放前在三星街就是很有名的'小墨师'，有了手艺就有了饭碗，学艺不能三心二意，要一心一意，三舅脾气怪，爱骂人，他是恨铁不成钢，不要放在心上。三儿身体弱，就在家中跟你妈过日子，人快二十出头了，有机会给三儿说一门人户，早点安个家。善英幺女来得迟，但命运比你三个哥哥好，叫你妈选个好女婿早点嫁出去，也算了了父母一桩心事。"

代发此刻已是油尽灯枯，弥留之际还有一个心事要对大儿善新说，他要交代还未了之事。陈代发在床前拉住罗江明、周道清的手说："苦了你们一辈子,对不住了。"嘱咐江明一定善待大姐周氏,她这一生苦哇……此时,善新和儿媳罗应芳回来了。陈代发说了两句话:"一是替他孝敬母亲,陈氏家风忠孝礼义,一定要母亲顺心、高兴,为陈家守住九块田屋基,为子孙守住发脉、分枝、散叶之根;二是有能力了,重新修造陈家祖业九块田大屋基……修九块田……大屋基。"

丙辰年农历二月三十,即 1976 年 3 月 30 日子时,陈代发在泸永乡(公社)共和村二社九块田屋基病逝,走完了人生的最后一程,享年 62 岁(1914 年 10 月 24 日—1976 年 3 月 30 日)。

罗江明看着丈夫安详闭目的样子,心中隐隐作痛。失去丈夫,不仅仅是失去了一片天,更重要的是失去了原来的生活秩序和习惯,这些习惯和秩序所构成的岁月链条会缠绕甚至撕扯妻儿心中的堤坝。

古训之礼,"夫生,侍奉;夫病,调理;夫亡戴孝守寡,春秋祭祀"。罗江明视夫为妻之天,她心中的夫妇之道就是天之经也,地之义也,人之行也。她遵从三纲五常、三从四德,一定要把丈夫安葬好,择向山之地,选吉日良辰,念七后葬夫于九块田屋基左侧的大福之地,与父历和公、史氏葬石碑湾。

九块田门前亦是春耕春种春来之万象;
笔架山莽莽苍苍无言山对佳城之雄势。

罗江明守在丈夫陈代发的牌位前,抚摩丈夫的遗物,一本《百家姓》,一本《三字经》,两本书早已翻烂了,书角也缺了,然而字行中满都是用红笔圈的、勾的地方……

人之初,性本善。性相近,习相远。
苟不教,性乃迁。教之道,贵以专。
昔孟母,择邻处。子不学,断机杼。
窦燕山,有义方。教五子,名俱扬。
养不教,父之过。教不严,师之惰。
……
香九龄,能温席。孝于亲,所当执。

融四岁，能让梨。弟于长，宜先知。

首孝悌，次见闻。知某数，识某文。

……

看到这儿，罗江明的双眼湿了。多少个春秋，多少回夏寒，聆听丈夫说《三字经》，给儿女讲授《三字经》中的故事。那神情、那举止，可谓"父慈教，子孝箴。兄爱友，弟敬顺"。

特别是那句"夫义和，妻柔正。姑慈从，妇婉听"，说的正是妇道、妻道、媳孝。公爹陈历和是个饱读四书五经的乡中老学究，人称"陈老先生"，其学问大也，他常为儿子讲《诗经》中的《蓼莪》，说的是百姓悼亲的歌：

蓼蓼者莪，匪莪伊蒿。哀哀父母，生我劬劳。

这四句诗倾诉的是儿子对父母的养育之恩、抚爱之情，对父母的恩，对父母的情不能尽心竭力以报答的愧疚。

蓼蓼者莪，匪莪伊蔚。哀哀父母，生我劳瘁。

……

父兮生我，母兮鞠我。拊我畜我，长我育我，顾我复我，出入腹我。欲报之德，昊天罔极。

第四章这八句诗如泣如诉，若呼若号，诗中九个"我"和"生""鞠""抚""畜""长""育""顾""复""腹"迭迭而下，促促涌出，历数了父母对自己儿女生育抚养的全部过程和父母各类关怀。感悟浓烈，音韵真切，读后、颂之令人心颤容动，不禁两行热泪如泉涌出。这首出自《诗经·小雅》的《蓼莪》，每读诗至"哀哀父母，生我劬劳"，无不三复流涕，备极沉痛，几乎一字一泪，可抵一部《孝经》来读。

陈氏一门从康乾年入蜀填川，落业泸永间的乐善、凤仪乡界，祖上立下"仁义礼智信为立业之根，温良恭俭让为成立之本"。从之礼公、惟凰公、今训公、能相公、显贵公、远堂公、历和公到代发夫历时八代两百年。陈家在泸永边人丁兴旺，儿孙代有人才出，全是祖上护佑……

此时此刻，罗江明把《三字经》合拢，看着邻里、乡党、叔爷送来的挽联、对子，又勾起了对丈夫代发的思念。

立身仁德传家勤慎堪为后人表率；
处事宽厚待人忠诚不愧前辈典型。

兴家立业沥血呕心几代人儿孙称父范；
乐善好施鞠躬尽瘁四乡八村邻里楷模。

这两联是泸永、吉安乡党请老先生为陈代发作的挽联，对他一生的评语，真切、实在。

生吉安，然后死泸永，争抔土于祖叔父兄之间，魂而有知，将毋是恫；
阴地好，不如心地好，虑诸子为吉凶祸福所感，书此以示，且告公灵。

立身问吉安，看笔架山色，屈共河声，知鸟归来，落日洒痕犹在袂；
久病无药方，叹玉树凋零，黄杨厄闰，哀猿啼断，秋风尘泪忽沾衣。

陈氏族中七老八贤的两副挽联，将代发与吉安、泸永、九块田山色、共河溪流、笔架连云，儿孙、父兄、夫妻之情融于字里行间，真是知我夫乡人也，知我夫族人也。

还有一联为夫代发画了一张像，读后真切，看后久回肠，伤心泪流湿衣襟。联云：

生平自我成，死后自我居，听其言，观其行，事业千古，道德千古；
功在民之心，过在世人评，生也荣，死也哀，泸永一人，陈氏一人。

儿女们也为父题有两联，以表哀思：

永别儿孙功业在，长辞盛世遗风存。

风起云飞室内犹浮《弟子规》　　慈父音容宛在；
月昏日间堂前似闻《三字经》　　美德堪称典范。

　　笔架山梁的风吹来了，吹进了九块田老屋，风如信使，捎来丈夫代发的悄悄话："为人父者，慈惠以教；为人子者，孝悌以肃；为人兄者，宽裕以诲；为人弟者，比顺以教；为人夫者，敦蒙以固；为人妻者，劝勉以贞。"此乃孔夫子《孝经》云也，望儿孙辈孝、忠、敬、信为吉德，爱国爱家方能处世立业云云。

白发人送黑发人　夫走三子又相随

　　丈夫走了，罗江明守着陈家，照顾儿女，挑起重担，既是父又是娘，从悲伤中走出来，把哀思藏于心中，擦干泪水，撑起陈家一门。在后来四十年的岁月中，其人品、母德让儿孙敬仰。

　　俗语传《增广》言，人生有三大不幸之事：年少失双亲，中年丧配偶，老来失去儿和女。

　　1976年4月初，陈家三儿善超的病情加重了，身体一天比一天差，哥嫂请来医生治病，母亲为儿四处求医抓药，希望找来昆仑山的灵芝和太上老君的灵丹妙药让儿起死回生。看到三儿痛苦的样子，罗江明的心都快碎了。兄长、妹妹、嫂子、侄儿都为他祈祷，祈求老天保佑，求陈家列祖列宗显灵救救善超。

　　家中病人，牵挂老人的心。儿是娘身上的肉，十月怀胎，一朝分娩，儿的一声啼哭让当娘的安心了、高兴了。从这以后，虽为儿女累，白发斑斑，起皱纹，老眼花，从不后悔，从无半句怨言。好不容易把三儿拖到二十来岁，快娶儿媳妇成家了，如今倒在病床上，此乃天公、阎王要来索儿命，为娘要问天、问地，为何对我陈家不公，对我罗氏不平！

　　罗江明的祈祷没有唤回神灵的回应，作为一个母亲的殷殷乞求也没有让"鸡脚神"丢下掌命锁，反而一天一天地逼近三儿善超身边。就在1976年4月25日，母亲最心疼的幺儿走了。俗话说，皇帝爱长子，百姓爱幺儿，罗江明又何尝不是如此的心情呢。

此时，兄长在悲泪，嫂嫂在哭弟魂兮归来，妹妹善英在哭三哥走得太早太快。大妈周氏更伤心，善超一生下来就在她怀中抱着，由她哄着入睡，听她的童谣长大，儿时的龙门阵让三儿听了是那样开心，有多少笑声塞满了九块田的老屋。看见他一天天长大，背上书包上学，回来背上背篼、拿上镰刀上山去割牛草，与兄长去吉安场边挑烧柴、挑煤炭。春来下田耕种，夏来地头锄草，秋来收获挑谷子回家，坝中晒干，冬来与父兄走大磨场，上吉安，去王坪，最爱去的地方是长江边大码头朱沱和松溉。

罗江明生了三个儿子一个女儿，一生下来就和周氏在一起，儿女们对她亲，她对儿女爱，视同自己亲生，她把一生的爱都寄托在四个娃儿身上了。看到她最疼爱的三儿这么年纪轻轻地就走了，这白发人送黑发人此乃人生悲剧也！她亲自请先生为三儿写了两副挽联，以此表达她对善超儿的思念，其联云：

忆往日家庭团聚把酒围炉为欢几何已成过去；
十数年形影追随抱扶教诲视余犹母怎样情深。

犹子比儿，从来锦字成文烨掌居然呼不杮；
浮生若梦，比后玉台新咏招魂何处识英才。

罗江明知人生命数多由天定，历朝皇帝老儿也无万岁之年。因果好坏只由天，此生命中有子夭折之劫，于是把对善超儿的思念藏于心间，专程去了普照寺、元通寺、罗天寺为善超儿诵经超度，愿子早日投胎一个大富大贵人家，健健康康，无病无痛，无灾无祸，快快乐乐地生活……

第九章

三中全会政策好　经济搞活强国富家

1978 年 12 月 18 至 22 日，中国共产党第十一届三中全会在北京隆重举行。会议批判了"两个凡是"的错误方针；高度评价了关于真理标准问题的讨论；确定了解放思想、开动脑筋、实事求是、团结一致向前看的指导方针；果断地停止使用"以阶级斗争为纲"这个不适用于社会主义的口号，开始全面地、认真地纠正"文化大革命"中和以前的"左"倾错误，从而结束了 1976 年 10 月以来党的工作在徘徊中前进的局面。

党的十一届三中全会作出了从 1979 年起，"把全党工作重点转移到社会主义现代化建设上来"的战略决策。

1979 年 1 月 11 日，中共中央发出《关于加快农业发展若干问题的决议（草案）》和《农村人民公社工作条例（试行草案）》。两个文件的下达，对于纠正农村工作中长期存在"左"倾错误和调动农民的生产积极性，促进农业生产、改变农村面貌起了极大的作用。

1981 年 3 月 30 日，中共中央、国务院转发国家农委《关于积极发展农村多种经营的报告》，指出我们的方针是决不放松粮食生产，积极开展多种经营，要发挥集体和个人两个积极性。这是繁荣我国农村经济的一项战略性措施。

善新辞职下海　首创泸县运输超长线

　　1958年秋，一场大风大雨把老屋的瓦掀了，土墙被吹倒了。九块田老屋基不能住了。一家人搬到泸永公社刘湾，刘湾因湖广移民入泸，刘氏家族入川始祖落业、落户的分枝散叶之地。刘姓人家秉承先祖遗训，恪守忠孝礼义仁和之家风，氏族人丁昌盛，历代人才出。或农、或商、或文、或武、或官、或艺，在凤仪乡为名门望族，后又在观音场兴场立市进入商界。子孙中，秀才、贡生、国子监生、太学生众多。

　　陈家搬到刘湾住，这儿是乡政府，又有交通优势，还是物资集散、劳动力分流以及一乡的政治、经济、文化中心。陈家以乡农机站为工作和居住点，花了16年的时间，从田坎上走出来。又用了3年多的时日，利用刘湾的天时地利人和，陈善新的个体运业上了一个台阶。并在1983年在刘湾农机站旁建起一幢红砖楼房。罗江明在家中总是有许许多多做不完的事，忙完了这样又立马去做那样。就是去赶吉安场、回大磨堰塘坎老屋头，来去也风

1983年，泸永乡农机站旁是陈家在场上建起的第一个楼房

风火火，办完事就要往回走。自从善新进了农机站，善富拜三舅学木匠，只有三儿与幺女在身边，媳妇罗应芳顶起家中的大小事，有了媳妇在家，当婆婆的就算熬出头了。

别人家的日子怎么过是别人家的事，罗江明心中有自己的主意。这些年，儿子善新是家里的顶梁柱，从一个农民进了农机站当站长，干了十来年，改革开放政策好，上上下下都在抓农业、抓农村，为农民办事，陈善新辞职干个体户，干自家的事，一年四季东奔西跑，两爷子开一辆货车，一出去就是七八天，半个月见不到人，也听不到他们说话，更不知在外面吃得好不好，睡得安稳不，冷热知不知道加衣服，路上有无水喝……听媳妇罗应芳说，儿子来电话了，告诉母亲路上一切都好，不要挂念，转了货就返回来了。只要有了儿的音信，罗江明的心绪、担心和挂牵就安定下来了。掐指一算，有时还一个人在念：七不出门八不归，逢十不回人人追。儿子回来，当妈的会用几样好菜为儿接风，拿手菜就是麻辣鸡、烧白、猪儿粑、醪糟蛋和芝麻夹沙肉。一定多做点，让儿吃个够。

中共中央连续出台一号文件，推动广大中国农村经济的大变革、大开放，千方百计把农村经济搞活，支持发展专业户、重点户成为农村搞活经济的主旋律、主题歌。

1983 年，罗江明的大儿子陈善新辞去了泸永乡农机站站长的职务，选择了他喜爱的道路运输业，从事农村个体客货专业运输业务，成为泸县农村第一个运输专业户。

罗应芳说，中央一号文件让我们家在经济上发生了变化。1983 年至 1996 年，正是农村经济改革开放搞活

罗江明在刘湾

之年。陈善新辞去农机站的工作，断了薪水，一切从头来。家中要安排，要吃饭，到处都要花钱，便与母亲罗江明商量，母亲很支持，说："如今上头政策好，大家有奔头，家家有打算，丢下铁饭碗出去闯一闯，见见大世面，干一番自己的事业，当妈的放心。"

为了给善新筹钱买台二手货车，母亲把多年攒下的钱都拿出来了，再托朋友在信用社贷了2000多元才买了一台二手车，可以运载三四吨货物，陈善新就在泸永乡刘湾干起个体运输业，利用刘湾屋基的空坝子，接客、接货、发车；坝子中又修了地沟，添了修车的设备，进行货车的保养、修理、安全检测，一家老少和公路运输业打上了交道。每当善新的汽车一回来，刚停好，几个娃儿就打开车门，上去把住方向盘，学老汉开车的样子，喇叭一按，可神气啦。

泸县发出通知，允许农村专业户个人购买农用汽车，允许跨地区联运。县委、县政府在首次召开勤劳致富代表会上，旗帜鲜明地提出保护专业户、重点户、联营户的权益，支持"三户"发展，做大做强农村多种经营、乡镇企业。

1984年6月15日，《人民日报》专题报道了泸县农村客运发展迅速的经验。1985年1月18日，新华社报道了弥陀区集资102万元，购船组成载重1120吨的船队出川的消息。特别是1989年10月6日，国务院、建设部、农业部批准，泸县被列为全国第一批建筑劳务基地县。泸县的农村富余劳动力，在南方特区大建设、大开发高潮的召唤下，开始了外出打工。

就在1990年正月过后，泸永乡刘湾场上，一大批外出务工的乡亲背上行李，提上塑料大包包，找车去南方。他们在等车去广东中山、东莞、深圳、珠海……那时信息还不畅通，全凭人托人的口信在传递特区建设工地缺人手的消息。

去南方打工的人围坐在刘湾，一等就是好多天，就是没有专车开往广东，开往特区。好多人去永川、荣昌、隆昌火车站，挤上南去的火车。火车行程慢，到达目的地要好几天，既辛苦又劳累，大家心头都期望有直接发往南方各地的客运班车。

在泸永地带跑货运的陈善新第一个觉察到：道路运输的客运商机来了。人生中有多少次机会从你身边擦肩而过，很少有人真正抓住过。陈善新听信了母亲的忠告，男儿志在四方，机会可遇不可求，一旦来临，决不放过，决不失去。

《平凡人家》①第48页上有这样一段记述：

……听说陈善新的车开回来了，大伙儿似乎看到了希望一样，都纷纷来到农机站边的陈家坝子中，七嘴八舌地诉说外出打工乘车难，赶不到车。广东那面来信说工地、工厂缺人手，招工难，叫赶快过去，干一个月可以挣五六百元钱。

世世代代面朝黄土背朝天的农民，一个月能挣到五六百元，简直是做梦都笑醒了。

乡亲们的话深深地打动了陈善新。母亲对儿子说："善新儿呀，别忘了，你也是个农村人，是一个从田坎边上跑大的人，如今邻里有求，一定要搭把手，帮大家一把。"妻子罗应芳也体谅乡亲们，去说服陈善新："是不是用自己家的货车改为临时客车，把乡亲们送到广东去。如今我们家日子好了，吃水不忘挖井人，要帮乡亲们这个忙。"

乡亲们七手八脚地把货车厢打扫得干干净净，铺上谷草，用铺盖卷当座位，两边人靠车厢坐，中间人背靠背，扯上大雨篷，带上水和干粮就出发了。两天一夜的行程，善新把泸永乡打工人安全送到了广东中山、东莞和开放的特区深圳、珠海。

分手时，乡亲们说，过年时，记住来拉我们回家！

望着乡亲们的背影，耳边响起："回家过年时来拉我们，别忘了。"这一送一接，一来一往，加上平时也有往返于特区的人群，是一个巨大的客运市场，是一个千载难逢的商机。

陈善新"以货代客"，开创了道路运输超长线客运的先河，在业内引起了很大的反响。

1991年，陈善新在时任永川市运输公司经理康忠万的帮助下，取得个体购车计划，买回2辆扬州产的硬座客车，挂靠在川泸运业公司，在全省开通了泸州到广东的超长线客运车，成为泸县跑南方特区最早的司机。业务多起来后，外出打工的人也多起来了，接待、食宿、派车、发班，公司上下忙忙碌碌。罗江明全看在眼里，见儿和媳妇忙进忙出，心中总是放不下来，直到把最后一位客人平安送走才算放心了。

---

① 《平凡人家》一书于2008年7月由中央文献出版社出版发行。

跨省市的道路超长线路运输线，一般都在2000千米以上，车辆连续行驶两天一夜，甚至两天两夜，如何保障安全、快捷、直达？如何为乘客提供舒适、优质、一流的服务？如何在运达途中为客人提供食宿方便？为乘客排忧解难，把车厢变为乘客之家，以弥补超长线道路运输的短板，提升服务质量和服务水平？一定要把跨省市道路运输做成品牌，做成全川第一，全国第一。

　　陈善新的道路超长线客运，从1992年时的2辆扬州亚星牌客车开始，发展成11辆峨眉牌大客车，5辆郑州牌卧铺车、6辆韩国大宇牌豪华大客车，价值百多万元的凯斯鲍尔豪华车。客车从成都、重庆、贵阳、昆明发车。开往广西的河池、北海，广东的广州、中山、东莞、深圳、珠海、番禺等南方的大、中城市。

　　自古有"上走泸州，下走重庆，中间歇立石"之说。立石驿站，早在汉唐时，朝廷在此设驿丞，嘉明、李市镇设巡检司衙门。明永乐皇帝编修《永乐大典》，在泸州卷中将立石载入皇家典籍，提升了立石的军事地位和经济地位，这儿是朝廷官员前往西南边的大驿站。后来四方商客在驿馆前后修房造屋，兴市建街，于是以二郎神泉为中心，有了米市街、鸡市街、猪市坝、牛市场、鱼市、草席市。客家人又修了姓氏宗祠、翰林院黄进士府第、禹王宫、南华宫、普照寺、元通寺、柏杨寺，还有戴家寺、西禅寺、老染房、天主教堂，三教合流，中西文化珠联璧合，立石古镇成为泸州东北大门的第一镇。

　　1996年，陈善新的客运业已做得风生水起。正谋划将刘湾客运点扩大时，泸县政府与立石镇政府将立石汽车运输公司转制重组，改变集体制身份，取消铁饭碗，进入市场经济。陈善新兼并了立石汽车运输公司，正式组建泸县立石汽车运输公司，并将泸永乡刘湾的草创运业搬到有"泸州东北门户"之称的立石镇二郎街泸（州）渝（州）路。立石公司成立后，外面的事多了，儿媳妇忙不过来，当婆婆的成了帮手，搞后勤，管招待所，做做食宿站的炊事员，打扫打扫卫生，去

泸县立石公司修车厂

神泉街

街上买买菜，见谁忙就去搭把手，客人到了还去安顿住宿，打开水、送洗漱工具、通知调度、即时发班、送客人上车。不知道的人还以为她是车站的员工，认识她的人都知道她是在为儿子的公司忙碌。

2000 年 9 月，公司购进了凯斯鲍尔豪华大巴车，推行"航空式"服务、"英汉双语"报站，创建四川道路运输行业"青年文明号"，开创泸州道路客运的品牌，时代运业有限公司的优质服务让往返南方特区的人们视为超长线客运之家。这年公司改制，组建全市第一家民营股份制运输企业，为公司的长足发展奠定了基石。

2001 年 11 月，是时代运业有限公司历史上的一个拐点。为改变县域运输行业企业规模小、运力弱、管理粗放、经营差、服务未跟上、严重缺乏竞争力的状况，陈善新在市、县领导和交通运输部门的支持下，发起组建"四川泸州现代运业集团有限公司"，并任董事长，以其时代运业的管理模式，整合运业，经几年的运行、磨合和不断总结、调整，推出一整套适应、适合县属运业公司的经营理念，锁定了集团公司发展目标，吸引了市、县

郎泉巷

运业加盟，后来雅安、石棉、天全、芦山、宝兴各地区的道路运输企业已成为集团公司的新军。公司旗下开通的超长线达广东珠三角、浙江、上海、太原、云南、贵州的数百个大、中城市。

集团公司有一张统计表，其中有一串数字：

集团公司从 2001 年 11 月组建以来，到 2011 年，据不完全统计，累计完成客运量 8.2 亿人次，完成客运周转量达 400 亿人/公里，其中超长客运共计运送出川民工 2.6 亿人次，完成客运周转量 200 亿人/公里。实现客运产值 40 亿元，上交国家税费 8 亿多元。

集团公司成为泸州市独家具有交通运输部二级客运经营资质的大中型民营企业。

从 1996 年组建泸县立石汽车运输公司，到 2000 年公司改制成立泸州时代运业有限公司，仅用了短短的 4 年时间。时任泸州时代运业有限公司办公室主任兼会计总管的晏佑笙先生回忆这段创业史时说："1983 年至 1996 年这十多年间，是陈家创业初期。凭借陈善新母子、夫妻、儿子的打拼，艰苦创业，淘到了农村经济搞活、支持专业户、重点户、开展多种经营好政策带来的第一桶金，同时对全国打工潮带来的道路超长线客运业作了尝试，获得了国家道路运输管理部门的批准书，在业内有了地位。一是泸县县委、县人民政府，市、县两级交管部门的支持，使陈家人抓住了机会，促进了公司的成立。二是陈氏家族仁、义、礼、智、信家风家训的影响，诚实守信、宽以待人的人品，在市场经济大环境下，赢得了客户，抓住了商机，谓之天时地利人和于一体。三是陈善新个人魅力与气场吸纳了一大批技术人才、管理人才、企业发展谋篇布局的策划市场人才、融资人才从四面八方汇聚于旗下，组成了精干的人才群和智囊团，这是同行业内少见的。四是始终把握改革开放进程中的方针、政策，为己所用，做到用好、用活、用其所用。这一方面公司在创业阶段成功了。"泸州时代运业有限公司一成立就谋划未来 5 至 10 年的发展蓝图。2001 至 2011 年，道路超长线客运产业通过行业准入，业内小公司重组的泸州现代运业集团有限公司成立，行业抱团发展，企业、公司共存共荣共赢。业内经过大洗牌、大整合、优势互补，搭建了全新的平台，经营多元化，路线的跨区域布局，集团公司的高层在规模经营的点上、面上、线上创新了经营理念，创新了服务窗口，创新了泸州地区道路超长线客运的新模式，也成为四川道路超长线客运企业的典范。

陈家的家业在立石的几年间，步步攀升，一步一个脚印地往前走着。陈善新的经营已从农村运输专业户转变为公司化经营。在深化经济、市场进一步开放的大环境下，陈善新又做了一次重大决策：2002 年 9 月，陈善新的运业公司从泸县立石泸渝路迁往泸州城龙南路的南方大厦，门前挂的是"泸州时代运业有限公司"的牌子，公司开始了全新的经营、管理、市场营销，开始创建新的文明线路。民营企业在中国经济结构中所占的比例让世人瞩目，让全球关注。邓小平缔造的中国特色社会主义建设成就，改写了中国历史，推动了民族复兴的进程。

南方大厦是四川省泸州时代运业有限公司的办公大楼，兼食宿站、发班重庆机场专线的营销中心。

晏佑笙老先生在电话中告诉笔者，公司办公地点几次调整，搬迁是经营、市场和管理的需要，也是民营企业在市场竞争中占领市场份额及提升公司对外形象与公众影响力的需要，是企业两个文明建设、实现可持续发展的要求。

如果立石汽车运输公司的服务对象还局限于泸永乡，局限于泸县境内，那么四川省泸州时代运业有限公司的成立则是立石汽车运输公司改制、优良资产、技术管理升级的重组，它的服务对象面向全川，面向西南更大的市场。从立石迁往沱江二桥头，又迁鹏达市场内的江阳招待所作短暂的停留之后，2002年9月，泸州时代运业有限公司、四川省泸州现代运业集团有限公司迁往南方大厦，标志陈氏运业从农村进入城市，迎来了更大的生存与发展空间。

每当从公司传来好消息，罗江明总是感到舒坦、高兴，儿孙们有出息了。每当看见儿子抱回来的奖牌、大镜框、红彤彤的荣誉证书、精致的奖杯，抚摩那一行行鎏金大字，上面写的是："泸州市十大杰出企业家""四川省抗震救灾先进个人""全国交通运输系统管理十大杰出人物""全国诚信建设先进个人"，看见市、县和省人大、政协颁发的人民代表、政协委员证书；市、县商会的任职书以及社会公益事业的荣誉证书时，罗江明知道它们的分量有多重，这是党和人民政府对儿子的褒奖，也是对陈氏家族做的功德的认可，是她作为母亲的一份光荣。

特别是看见陈善新从中央党校民营企业家高级研修班结业合影的照片，看见儿子与国家领导人站在一起的照片时，她的两行泪水再也包不住了，儿为陈氏一门光宗耀祖了。她立马点上三炷香面对陈氏列祖列宗叩首、拜谢。对着丈夫陈代发的灵位牌说了一句话，"善新儿为陈家争光，为你争回脸面，你在九泉之下可以安息了。"

此时此刻，罗江明与天下父母有着同样的心情，儿女们的事业有成就是对父母的回报，对家族的回报。为父为母的一生辛苦劳累，化作了沁入心田的甘泉……在龙图腾、龙文化、龙习俗的影响下，龙成为民族的崇拜神，望子成龙成为传统观念而传承下来。龙的传说成为口耳相传的故事，龙的传人成为中华民族万千儿女的代名词。

望子成龙是家族父母对子女的期望，希望子女健康成长，长大成为一个能自食其力、对社会有用的人，一个有出息、有能力、有本事的人。"子成龙、女成凤"是美化的愿望。

罗江明自1945年10月嫁到九块田陈家，可以用两句话来回顾她的人生。一是结伴陈氏家族的祖母管氏，公爹历和公、婆婆史氏，丈夫代发，大姐周氏和小叔子、小姑子等一路走来；二是同儿和女一路走来。

罗江明进了陈家门之后，是代发妻、远堂公、历和公、史氏婆婆儿媳，管氏祖母孙媳，代荣、代文小叔子和代素、代芳两个小姑子的大嫂。所以，嫁到陈家，在这个上有祖母、婆婆，中间有丈夫与原配大姐周氏，下有小叔子、小姑子的大家庭中，必以母（祖母、婆婆）为范，做贤妻良母；以诚为则，克己续德；善为人女，善为人妻，善为人媳，善为人母，善和叔妹。

祖母管氏，其娘家在重庆府永川邑乐善乡进德里一甲地，管氏先祖也是湖广填川落业川东大府迁到永川入户的人家。春秋时齐国著名的政治家管仲、三国时魏有天文学家管辂，宋朝有著名词人管鉴，元代有女画家管道升（她是元初大画家赵孟頫的妻子），清有大学者管凤苞、近代散文家管同，民国初年，族人中又有议员，县、乡参议会代表和商界人物。管氏从小受到良好的教育，尤重孝柔贞节、"三从四德"等儒学，崇尚《女诫》《女论语》劝孝，敬戒相承，教育子女，是为贤妇。做人女事父母，做人媳事姑舅，熟记在心，落于言行，成为母德之楷模，极大地影响了罗江明为人媳、人妻、人母的品行。

每当五更时分，婆婆必在室中颂劝孝中的《事父母亲》：

女子在堂，敬重爹娘；每朝早起，先问安康；
寒则烘火，热则扇凉；饥则进食，渴则进汤；
父母检责，不得慌忙；近前听取，早夜思量；
若有不是，改过从长；父母言语，莫作寻常；
遵依教训，不可强良；若有不是，借问无妨；
父母年老，朝夕忧惶；补联鞋袜，做造衣裳；
四时八节，孝养相当；父母有疾，身莫离床；
衣不解带，汤药亲尝；求神拜佛，指望安康；
莫教不幸，或致身亡；病入骨髓，哭断肝肠；
三年乳哺，恩德难忘；衣裳装殓，持服居丧；
安埋设祭，礼拜烧香；追修荐拔，超上天堂。
……

颂完之后，停息三刻钟，又对《事姑舅章》翻书而唱道：

阿翁阿姑，夫家之主。既入他门，则称新妇。
供承奉养，如同父母。敬事阿翁，形容不睹。

不敢随从，不敢对语。如有使命，听其嘱咐。

姑坐则立，使命便去。早起开门，莫令惊忤。

换水堂前，洗濯巾布。齿药肥皂，温凉得所。

退步阶前，待其浣洗。万福一声，限时退步。

备办茶汤，逡巡递去。整顿茶盘，安排匙筷。

饭则软蒸，肉者熟煮。自古老人，牙齿疏蛀。

茶水羹汤，莫教虚度。夜晚更深，将归睡处。

安置辞堂，方回房户。日日一般，朝朝相似。

传教庭帏，人称贤妇……

婆婆言传身教　悟出妇道母道

婆婆史氏，生于 1896 年五月初三，即清光绪丙申岁二十二年端午节前一天，诞生在泸州凤仪乡四甲孔家湾子的史家。史姓源于史官之职，负责记录帝王言行和重要史事，管理宫中典籍，夏、商、周三代称之为"太史"。史姓为周成王所封太史尹佚的史佚，他的子孙称"史氏"。史姓家族人才辈出，周宣王时（前 827~前 782 年）有书法家史籀（他与太师尹吉甫，有"文武吉甫，万邦为宪"之誉，诗祖之称。周朝为官），春秋时卫国有大夫史鱼，西汉时有黄门令史游，五代后周有名将史彦超，子孙分枝散叶，分布在川南、川黔边、乌蒙大地。

清乾隆二十三年编修的《直隶泸州志·人物卷》和《直隶泸州志·节孝卷》中载，史姓一门多人杰，明代成化四年戊子（1468 年）科举人老爷史学，官任平江县知县，有政声，办学、储粮、赈灾、安民、保境，后升任知州，荣耀乡梓，在泸州有"史府"之称。在"寿考"条中，记载了乡贤史佳福的业绩，一生善岐黄之术，究于杏林之业，利济为心、为民，无论贫富相延，若有急诊，即使夜半，雷雨之时必亲必往，人称"老太医"，年九十，为泸凤仪之寿星。

《节孝卷》中，记录了史氏女节孝的典范人物：杨继商妻史氏，28 夫殁，事翁姑，善教孤子，子业有成，守节 30 年。邓祥名妻史氏，26 岁时夫殁，姑媳孀居，慈孝兼全，守节 30 年，史氏为史正楷之女，邓徐氏媳。赵琛妻史氏，26岁夫殁，守节31年。

时有竹枝词云：

当年镜影帐青鸾，慨竹寒月雏水边。
荼涩楼峰烟云过，甘苦节孝青灯前。
坤维女范慰黄鹄，云标徽章比天蓝。
独人孤影志之励，幽芳留名后人叹。

竹枝词颂扬了节孝女的苦涩生活和坚贞情操，感叹史氏节妇犹如青鸾失伴，独帐孤影对镜无声。节孝女儿，犹如生长在泸永山水间的苦竹清寒，犹如生长在楼峰高山上的苦菜，味苦于心无人知晓。

婆媳相处虽然只有短短两年的日子，但婆婆史氏秉承陈氏祖上传下来的家训、家规，不仅言传身教，为媳妇儿治家管家、处理大小纷繁的事务，更为媳妇儿一份支持与鼓励。史氏婆婆，平分百岁之后而终。对大儿媳妇儿寄予了厚望，婆婆走后，长嫂如母，长兄如父，要善待叔子、姑子，也要与大姐周道清相处、相敬、相好，作为女人，作为人妻，而无生育，此乃女人之不幸，她在陈家内心苦楚。道清媳妇儿也为罗江明做了好多事，善新一生下来，道清就把他抱在怀中，如同己出，关爱备至，是个明理、心善、乐于助人的好儿媳……

罗江明和丈夫送走婆婆，当夜深人静时，在油灯下翻开史氏遗物，祖母管氏传下来的那本《女二十四孝图》。图中有中国历代二十四位女子的孝行故事：

汉代《上书赎罪》的淳于意之女缇萦；《纺织养姑》的陈氏孝妇；《投江抱父》的曹娥。

六朝的《代父从军》的花木兰；《乞丐养姑》的张李氏；《冒刃卫姑》的郑卢氏；《手刃父仇》的谢小娥。

宋代的《孝比王祥》的崔志女；《斫虎救母》的聂瑞云；《雷赦凤孽》的顾张氏；《智释父兄》的詹氏女。

元代的《为母长斋》的葛妙真。

明代的《典衣疗姑》的王周氏；《童媳善谏》的刘兰姐；《剖肝救姑》的王陈氏；《糟糠自甘》的夏王氏；《劝父改业》的陆氏女；《为母解冤》

的程瑞莲；《劝母留女》的杨秀贞；《孝妇却鬼》的赵王氏；《分家劝夫》的吴孙氏；《诚孝度亲》的张素贞。

清代的《直言谏父》的王兰贞；《劝母止虐》的刘氏女。

一个个孝亲、孝妇、贤媳的动人故事，歌颂孝道，敦劝孝行。罗江明每看一次《女二十四孝图》，都深知祖母、婆婆及陈氏的列祖列宗、历代先人崇尚孝道，推行忠孝之大礼、大节，所以《陈氏家谱》中就记下了：家道、父道、母道、子道、媳道、兄道、弟道、姊道、妹道……让罗江明记忆犹新的是祖母、婆婆的教诲：

天地生万物，唯人最为贵，人中有好人，更出人中类。
好人先忠信，好人重孝悌，好人知廉耻，好人守礼义。
少年做好人，德望等前辈，老人做好人，遮尽一生罪。
好人乡邦称，好人国家瑞，好人动鬼神，好人感天地。

罗江明与老人合影

婆婆的"好人歌"是对人妻、人母的要求，也是对罗江明这个儿媳的嘱托。

1985年的腊月年三十，万家团圆、吃年夜饭，迎新年到来时，罗江明的大姐周道清，走完了她古稀又三春的时日，于1985年2月19日辰时在陈家老屋去世，享年73岁（1912—1985年）。周道清在凤仪乡高山鹅屋基出生，长大后许配给九块田陈代发为妻，无生育，为延续陈氏香火，促成丈夫再接一房妻室。罗江明嫁到陈家后便与她以姊妹相称，二人情深谊厚，在同一个屋檐下生活了四十年，因自己没有生育，视罗江明的三儿一女为己出，关爱无比，承担起相夫教子、孝养相当、遵训妇道，与江明和睦相处，大小事均听从江明安排，从不多语多言，为陈家老少称道。

罗江明，1947年农历三月十三日生善新，1949年4月28日生二儿善富，1953年11月17日生三儿善超，1956年8月24日生幺女善英。每当陈氏添丁进口之时，周氏都为之欢喜，儿女三朝办汤饼之会，30天办满月酒，百天操办百日宴庆，周岁办生酒，煮红蛋，以后每添一岁，生日酒几乎都由周家姊娘来操办。看见儿女长大、上学、种田、务工、学艺、立业成家，她与罗江明共同高兴，一块儿祝福儿女长大成人。善新的大儿明楷于1970年12月10日出生，二儿明刚1974年2月13日出生，三儿明伟1976年9月17日出生，周氏看见孙儿们健康长大，读书上进，每当儿孙回家问候之时，那心中有说不出的高兴，对儿孙们满是祝福和疼爱。

周道清临终前，没有遗憾，没有不放心之事。她对妹妹罗江明说："你罗江明实乃贤妇贤母，尔亦严正；持家有道，善良和平；四时元庆，一门和气；好个孝媳，寸草寸心；天地万物，唯妹有恩；忠信孝悌，为姊效行；今世同夫，来世姊妹，同心同德，和衷共济……"罗江明比周氏小10岁，嫁到陈家一直称周氏为大姐。听到大姐临终之言，不禁两行泪珠挂在脸上，拉住大姐周道清的双手，守着大姐，使她安详地离开人世，告别陈家……

罗江明与儿女们持服居丧、念七、香烛纸钱以祭，将周氏葬于夫君代发墓侧，春秋时节挂纸扫墓。陈家后人为祭悼周氏生平，请老学究写了两副对联，以托哀思，其联云：

> 劳劳数十年，妇独贤，百事乖，百事哀，清夜只余呼天地；
> 茫茫大世间，家安适，一门兴，一门立，仰天谁与和姻缘。

茫乎大千界中，作么生过去，现在，未来，光阴弹指，无穷愿望，万种凄惺，佛言不可说；

逝矣四十年后，再相见荣辱，悔咎，祸福，变迁何常，如此门庭，这般儿女，心意我能知。

陈氏家族族规中有"长兄为父，长嫂为母"的条文。罗江明把要处理好兄弟姑嫂的关系铭记在心。小叔子代荣，当年为躲壮丁，从泸县凤仪乡去了永川县的王坪场，娶段氏为妻，生了善福、善全、善祥、善华、善奇、善松6个儿子和善容、善芳、善玉3个女儿。儿子善福在王坪镇工作，善华在永川县财政部门上班，都是国家公务员。善奇、善松在王坪乡下务农，代荣与段氏夫妻牵手三十多年。儿孙满堂、人丁兴旺。小叔子代文留守大塘九块田，后娶妻马氏，生有善锋、善昭、善良3个儿子，善秀、善莲、善容3个女儿，有孙儿外孙其乐融融。两个小姑子代素、代芳长大成人，姑嫂融洽，感情深厚。

罗江明在家中尊老爱幼，妯娌和谐，姑嫂友善相处，赢得了祖母、公婆与丈夫的称赞，也赢得了家庭成员的颂扬和口碑。

第十章

陈氏子孙绵延　母亲新房梦圆

门前流水待春风，吹尽浮云天际红。
窗中枝头双鹊语，蜂飞蝶舞入景中。
架上瓜蔓藤叶繁，塘下荷莲水生风。
朱门怎比农家屋，十亩村园路路通。

露浓烟重草萋萋，村映茅屋柳拂堤。
一院花落人自醉，墙头残月听莺啼。
细雨如帘碧草青，桃林深处闻箫声。
村中田畦水千顷，牧童唱和《弟子规》。

这两首咏物、咏景、咏颂人居环境的诗，真可谓陶渊明夫子《桃花源记》之景观。农耕文明社会，"家"是一个特别富有感情色彩的地方。家居、住居从来不是个简单的物质形态，它是人们对地理学、生态学、人与自然环境和谐相处、人居环境的综合考量，是对安居、安乐、安全、人丁兴旺、家道兴衰成败、子孙荣华富贵的期盼，对氏族未来的重视。选择一处龙脉、地脉、水脉之地建房造屋、居家过日子。在传统的居住环境下，一眼看去，到处都是指向未来的符号，这些符号从不同侧面烘托着"金玉满堂""五福临门""吉祥安康"，支撑着人们对未来的信心。

情系老家九块田　愿度晚年陈家院

中国农村的居住行为，涉及的范围非常广泛，住房不仅仅是避风躲雨、生活安乐、安闲、安逸的需要，它既涉及生活方式，又涉及生产方式；既涉及物质生活，又涉及精神生活；既涉及个人生活，又涉及社会生活。在川南广大农村，农家半辈子的努力与积蓄只为一个目标——建造一幢新房，一处留给子孙的家产、门户、祖业。所以，建房是中国农民的梦。

住宅、家居、屋基、庭院、庄园……在社会经济领域，房子代表了一个家族的政治地位、经济地位、文化水平和人际关系；在地方人际、文化圈中，"住房"具有影响力、辐射力和感染力；住房规模、布局、设计、装饰及设施状况折射其主人的礼俗、道德、人品、关系等。世语云："客走旺家门""穷在闹市无人问，富在深山有远亲"，最能说明住房条件、人居环境与大千世界、众生芸芸的社会关系。

罗江明与同龄人一样，也有一个"桃花源"的新房梦。

大磨乡新牌坊堰塘坎罗家老屋

　　永川大磨乡新牌坊堰塘坎罗家老屋是她童年、少年时的梦。这是川南民居中最普通的住家户。土墙、石柱门框、木梁、茅屋、小楼、竹帘、杂屋、柴房、猪圈、鸡窝、狗窝、鼠洞……一个晒坝、一个石板洗衣台、一个石水缸、一个水井台、一个石碓窝，还有就是门前的大堰塘。举目四周，邻里的屋基几乎与自家一个样，草房、茅屋、竹篱笆墙，只有门是木头做的……

　　十多岁后，同父母去赶大磨场，场口上杨氏的贞节牌坊又高又大又好看，听大人说，这座牌坊有好几百年了，在永川地界上也是数一数二的。贞节牌坊上刻了许多房子，有院、有楼，还有花园、树木。牌坊下的人说，这是杨氏大家族的老屋，占地一二十亩。

　　进了大磨场街上，一条老街上居民有百十家，户挨户，门挨门，清一色木柱、木门、木柜台，堂屋又宽又大，进深有二十多米，分了好多个房间。楼上是住房，女儿家还有绣房。临街楼窗有帘子，街上人看不到楼中的人，楼上的人可看到街上的一切。罗江明从大磨场回来总在想，场街上的房子修得比乡下的好，房中的摆设、家具也比乡下的漂亮，一看就不同，看上几回总是忘不了。后来，她又去了吉安场、仙龙场、王坪场、来苏等大地方，看到的更是不一样。打这以后，她就在想，等长大了也要像场街上的人一样，有自己的大房子。特别是看见别人家新房子盖起来，乔迁之时，邻里、亲友来朝贺，主人家答谢办酒席，请来吹奏队、邀来戏班子，又是鞭炮，又是锣鼓，人来客往，车水马龙，热热闹闹没有半个月也有七八天。一家修新房子，闹动了几个村。这是为什么呢？后来，罗江明逐渐弄明白了：修新房是

石碓窝

石柱门框

一家一户天大的事，积蓄一大笔银钱不说，从选址、择地、奠基、备材、鸠工、择时辰开工动土，立柱、上梁、立门、落成，到入住乔迁之礼之俗，其中每一个环节都有规矩，都有礼仪，都有讲究，就连居住习俗中的长幼有序、男女有别、房间安排都由"皇历"所定。因此，老百姓建房不是一件小事，从大的方面讲，它与地域因素、民族因素、历史因素、社会因素相关；从一家一户的生存关系讲，人与居所有关、居所与环境相关，在这一脉络中，人是主体，环境既是人们赖以生存、发展的条件，又是人们生存、发展的制约因素，居室则是人和环境的中介、节点。

1945年10月间，罗江明从姑娘变成了陈家的媳妇儿、陈代发的老婆，住进了陈家九块田瓦房大屋基。这是一处三合头的大瓦房，房中住有几辈人。祖母、公婆、丈夫、周氏、大小叔子、大小姑子。家中房间就是十来处，还有堂屋、客厅、厢房、书房、厨房、柴房、杂屋与后院、柴山、池塘……好大一个家，好大一处老屋基。自从进了九块田陈家大屋基，罗江明开始了新的生活，从此，与九块田结下了不解之缘。

九块田大屋基已有上百年的历史。祖母说，这房子柱子多、梁多、椽子也多，三五年要翻修堂屋顶上的亮瓦，要请泥瓦匠上房顶去清理杂物、树枝、树叶，否则立夏后，雷雨下来雨水流不动，流不下来，雨水倒灌瓦角，家中就要遭水灾了。房脊上的品字盖瓦和几处鳌角、刹尖也要用石灰补一补缝，填一填鸟啄的洞，后阴沟的渣要清理，否则山水下来把出水口一阻，后院的杂屋、柴房、厨房就会进水，还有房顶两头的猫儿进出洞也

大磨乡新牌坊堰塘坎茅草屋

罗江明老家门前的大堰塘

要检修，外墙壁、石滩晒坝、下水沟都要打整打整……

祖母担心的是，房子老了毛病就多，如果不及早翻修，迟早会带来麻烦。作为孙媳妇儿的罗江明把祖母的交代全记在心里。婆婆对丈夫代发和大叔子代荣交代要请人翻修房顶瓦角、清理瓦沟杂物时，她也在场。那时家中上下十口人的衣食都比较困难，家中已支付不起泥瓦匠的工钱，于是丈夫和大叔子、大姑子、周氏趁农活闲时，搬来长楼梯，兄弟二人一前一后爬上老房子，揭开瓦角瓦片，哪儿漏、哪儿阻就简单地清理清理，特别要爬上祖母住的房间顶上，把几匹亮瓦擦干净后放好，第二天天亮时祖母抬头看见头顶上亮瓦更亮了，方才放心，还特别交代孙媳妇儿去观音场割几斤肉、打几斤酒，好好招待招待上房检修的"泥瓦匠"。

代发、代荣也上房顶检修瓦角、清理瓦沟中的杂物，毕竟不是吃泥瓦匠手艺饭的人，大雨来了，大风吹来了，屋头漏雨的地方全是大盆小盆在接雨水。祖母看见大人小孩都在接房顶漏下来的雨水，地上也到处都是水，心中无名火油然而生。一边清理积水，一边骂："好个泥瓦匠，上了我家的房，揭开我家的瓦，吃了我家的单碗，还打了牙祭，收了我家的工钱，干的活路不收汗①，哪天我有空去吉安场上问一问是哪个老师的徒弟，上房的检房顶的活路又不是什么了不得的事，眼见之工，却干得不干净，天上大雨，房中

---

①不收汗：方言，没做好。

下雨，哪是人住的地方？还不如住庙子！"

祖母骂够了，也骂累了。代发和罗江明扶祖母到堂屋休息，祖母一边喝茶水，一边还在小声地骂，手中的拐棍，重重地杵在地上："空了一定要去找那两个泥瓦匠评一评理，看一看有几个匠人敢来骗我陈家老太婆。从大清同治皇帝到光绪爷，再到宣统皇帝，孙中山推翻清朝到民国，到今天人民政府坐天下，陈老太婆见的世面多了……小小瓦匠敢上门来骗吃骗喝，简直没王法了！"

一家人见祖母气消了，天上雨不下了，家中房顶不漏雨了，太阳也出来了。罗江明过去悄悄地在祖母耳边说："祖母，今天骂得好，骂得在理，出气没有，出了这口恶气就好了，心情也好了。孙媳妇儿告诉您老人家，那两个泥瓦匠师出无名，您上吉安场、大磨场、王坪场、立石场都找不到人，刚才您老一骂，都躲起来了。"祖母一听泥瓦匠不见人躲起来了，又生起气来："去找！"此时此刻，只见代发、代荣从后阳沟干活出来，像两个花猫一样，对祖母说："上房检瓦不是请来的泥瓦匠，是我们兄弟俩，手艺没学到家，把祖母的屋检漏了……您老人家不要骂了，来打几个手板，把气消了。"

此时，一家人谁也不说话，等候祖母发落。祖母一听，上房检瓦是两个孙儿做的，才知自己骂了半天，气了半天，骂错了，连忙将代发、代荣扶起来，说了一句："快去烧水洗个澡，我不喜欢这两个大花猫。"一家子见祖母气消了，把误会解除了，都笑起来了。此刻，祖母的笑声一个堂屋都装不下了。

门外传来孙女们的童谣：

花脸巴儿，花脸王，背起书包上学堂。
书包搁在桌子上，望到老师哭一场。
老师问他哭啥子，想要母母①奶奶尝。

正月二十五，花籽才下土。
天上落雨点，花籽胀鼓鼓。
二月二十五，花籽下了土。
落点毛毛雨，长了一寸五。
三月二十三，花籽用船装。

---

①母母：方言，是指母亲、妈妈、奶娘。

撒在大山坪，长了三寸长。

天晴又天阴，花秧渐渐深。

生得胖又壮，长得又大根。

花儿天天长，长了五寸长。

还不快点栽，老了要翻黄。

泥瓦匠，本姓王，楼梯一架爬上房。

不检亮瓦房上走，不检瓦角看灶房。

若是不煮老腊肉，三爬两爪哄老娘。

泥瓦匠，三足猫，上房检瓦叮叮当。

一匹沟瓦颠倒放，大雨来了漏东家。

　　九块田的老屋基，就这样修修补补，一拖又是好多年过去了。父母亲走了，没几年祖母也仙逝了，代发看见祖上留下的家业，这住了上百年的屋基，犹如一个百岁老人一样，慢慢地走向衰老。一家人守望着这老房子的百年残梦，守望着一幢古建筑的孤独和衰落。家道的失落，让他感到悲凉，一种无法言说的惆怅在心中萦绕……

　　妻子罗江明安慰陈代发："会好起来的，等儿女长大了，有本事了，家中有钱了，陈家老房子一定重修，修一座三合头、四合头的陈家大院……"

　　陈家老少又在九块田度过了十余年。总为老屋基担着心的罗江明，一到空闲时就要围着老屋基转一转，从屋基的墙石、墙体、墙脚、墙角到墙上开凿的窗口，屋基四周的山土、竹林、水沟都要看一看。她最担心的还是房顶、角板、瓦棱与屋脊，已经十来年没检修了，好多角板日晒雨淋已经朽了，若是哪天大风大雨来，房顶两头的瓦片就会被掀翻吹下来。

　　1958年8月的一天午后，泸永乡（公社）境内吹来北方的大风，狂风怒吼，雷声轰隆，随之倾盆大雨。山水下来，拍打九块田陈家的老屋基；大风掀开了房顶上的青瓦，吹落了腐烂的角板，一下子从房顶上吹落下来了。一会儿房屋中的好几处也发生了垮塌……后来，大人娃儿一齐动手收拾，用高粱杆夹壁头挡风雨，这才安定了下来。这一住就到了1982年。陈家几代人都在这里出生，都在这里长大，都是从这里去了更大、更远的地方。这儿，给罗江明留下的记忆与众不同：是公婆在这儿娶了她这个儿媳妇；是丈夫代发用花轿把她抬进了九块田在老屋中拜堂成亲，成为人妻；在这儿，她成为人母，生下三儿一女；在这儿，先后为婆婆史氏、祖母管氏养老送终。在这儿，罗江明从旧社会走向新生活，她见证了九块田陈家这十余年的变迁……

《千年古镇立石》中载："刘湾，泸永公社驻地。原为土主、立石两乡辖地。1950年设乡，因与永川县永泸公社相连，故名泸永乡。有观音场集市、方家场、中嘴、灯杆坡、江湾、黄嘴、水鸭池、道场嘴和灌牛嘴。

陈家在灌牛嘴有亲戚。那是善新妻子罗应芳二叔家，不远处还有周河坎舅舅的家。后来，泸永公社农机站招人，陈善新到了农机站上班。1983年，紧挨农机站当头处，罗江明看到大儿子、大儿媳妇新修红砖楼房，成为泸永乡第一家修楼房的人家。泸县立石汽车运输公司成立后，善新两口子的运输业务忙起来，为帮衬儿和媳妇一把，罗江明从刘湾农机站砖楼房到了立石泸渝路的运输公司，当了公司义务后勤人员。

2002年，儿子陈善新的时代运业有限公司迁到南方大厦之后，母亲住底楼。2005年，在江阳区百子图御景苑29楼为母亲罗江明买了一套楼房，外加顶楼花园。

这进城住的日子中，面对拔地而起的高楼大厦，望着窗外的钢筋水泥建筑、家中的电话、大人小孩的手机、电脑、彩电、洗衣机、冰箱和家中的轿车、玩具……对习惯于农村生活的罗江明来说，很长很长一段时间都不习惯，她总是认为城里没有农村好，没有乡下好，没有九块田老屋基好。乡下空气清新，吃的是施农家肥的蔬菜，猪全是五谷杂粮喂大的，不用饲料。田间地头干活，几个老奶奶碰在一起全是摆不完的龙门阵，一个笑语逗人乐半天。进城了，住电梯楼房，一进门就关死了，连邻居姓什么都不知道，一点人气都没有，心中总是快活不起来。

罗江明人住进29层电梯大楼，但心却飞回了她家泸永乡大塘村、后改名为艾大桥村二社的老屋九块田。她常对儿女们讲："老娘住不惯这水泥修的屋，有机会了让我搬回九块田住，那儿才是我们陈家的老屋，要回去守住祖业，才对得起列祖列宗对子孙后代的保佑。"

从九块田到刘湾，从刘湾到立石，从立石进城，转眼间过去了四五十年。陈善新、罗应芳是孝子、孝媳，自然理解母亲心情，于是答应一定把九块田老屋重新修好，让母亲回九块田陈家大院安度晚年。

八十老母赴上海　参观世博笑开颜

1999 年 12 月，中国向国际展览局申办 2010 年世界博览会的消息，经中央电视台、中央电台和各大媒体一报道，犹如巨大的盛世冲击波，一下子传遍大河上下、长城内外。中华儿女为之振奋，举办世界博览会标志着中国经济跻身世界民族之先进行列，也标志着东方龙的传人成为国际会展俱乐部的成员大国。

当举国上下为申办世博会献计献策、出钱出力之时，在巴蜀东南、长沱之滨的天府第一港的泸州龙南路南方大厦内，泸州时代运业有限公司的上层决策者，正在 5 楼董事长办公室召开会议，会议的主题是：中国举办世界博览会，带来的商机、道路运输超长线客运线路调整……

公司董事长陈善新、总经理陈明伟二人在中央党校民营企业高级研修班，得知申办世博会必将拉动国内国际经济，各行各业也必将围绕世博会、服务世博会、参与世博会建设而各显神通；世博会开展期间，数千万中外游人必将慕名而至，去见证大上海的政治、经济、文化和社会文明、生态、环境……

经泸州时代运业有限公司的高层议定，抓紧时间向道路运输主管部门申请开通泸州—杭州、泸州—上海的道路客运超长线，开通 4000 千米的安全、直达路程。泸州时代运业有限公司投入重金购置航空优质服务的豪华大巴，配备大巴双语乘务员，组织调度、安检、司乘人员先去踏勘开往上海的路线、途经站点，设置食宿站、行车安检点。万事俱备，只待东风。

2002 年 12 月 3 日，国际展览局大会投票表决，中国获得第 41 届 2010 年世博会举办权。会址选在上海市中心黄浦江两岸、南浦大桥和户浦大桥之间的滨江地区。会展面积 5.28 平方公里，投资 450 亿元。

泸州 100 万南下广州、中山、东莞的建设者，瞄准了上海浦东世博会展大工程、大项目。泸县打工族也大转移赴上海。泸州时代运业有限公司抓住运业商机，趁上海浦东建世博会展中心，适时开通泸州—上海的直达道路运输客运超长线，让泸州人为世博会建设做贡献。

泸州直达上海的专线、专车穿行大半个中国，把一批又一批建设者送到浦东，又一批一批地从上海把他们接回四川，接回永川、泸县。

从上海回来的人，无不夸赞这座城市。有人说，去上海不去参观东方明珠广场，不去登东方明珠电视塔，不去东方明珠科幻城，不去乘游船看黄浦江风光夜景，不去品味一下浦东老外喜欢的美食就等于没去过上海，没去过诱人的港口外滩……

乡亲们的议论，让母亲罗江明的心早已飞到大上海，去看一看东方明珠电视塔，去参观全世界人都向往的中国第一高塔。小时候，听老人们说，"泸州有个钟鼓楼，陷半截在天里头"。说钟鼓楼好高。如今上海的东方明珠电视塔468米，有百多层楼高，真是仰望一眼看不到顶哦！

母亲的心愿就是儿女们立马要办的事，孝为天，顺母意为大。陈善新是个孝子，罗应芳是个孝顺婆婆的好儿媳，两口子一商量，公司再忙，事再多也要安排时间陪母亲去上海参观东方明珠广播电视塔、世博会址，去游黄浦江，欣赏外滩的美景。

陈善新两口子为母亲远行做足了准备，从心理素质的培养到身体状况的体检，从随行人员的安排到参观日程的适应性、合理性，从气候调研到水土习性、饮食调剂，从医务保健到出行车辆、便民轮椅、所带衣服鞋袜等细节都做了安排，保障母亲出行平平安安。

陈善新告诉笔者，为了万无一失，他们先派家中明刚陪同祖母去一趟广州、中山、珠海，为赴上海做了一次预演。陈氏族人为祖母的远行考虑得十分周全，细致而完美。

南方之行，对罗江明的身体状况做了一次实地检测，结论是母亲身体条件和心理素质完全具备赴上海的条件。

罗江明年轻时去过的最远的地方是泸州，小市、石洞和永川的松溉和朱沱，天不亮出门，月上房顶才回家，来回百十里路程。

罗江明65岁那年，女婿周裕坤专车来接她夫峨眉看女儿和外孙女，几百里的车程，一天就赶到了。上了峨眉山，去了报国寺、万年寺，还去看了乐山大佛，要得开心，玩得愉快，一晃就在峨眉待了几个月，但她要不住，要回泸县泸永九块田老家，家中还有儿子、媳妇好大一家人。女儿善英与女婿周裕坤只好又开车送她老人家回了泸县。这以后，她的生活就一直围绕儿孙们工作的地方转了。

罗江明在报国寺

听说 2010 年 5 月 1 日上海世博会开展，全世界都关注中国，关注上海。会展要到 10 月 31 日才闭幕，有 184 天让全世界的朋友来参观，一个农村老太婆也要去看会展。

儿子陈善新与妻子罗应芳，幺妹陈善英，弟媳裴芳碧，孙子陈明刚，外孙女周娟一行，择了个吉日良辰，于 7 月 20 日从泸州出发，22 日抵达上海，按参观世博会展旅游团队的行程，罗江明在儿子、儿媳、女儿、孙子、外孙女的陪同下走进世博会展中心，参观东方明珠广场，游览了浦东新区、黄浦江岸……

罗江明（右）在乐山大佛前留影

罗江明那高兴、快乐、兴奋的神情，让众多的中外游人无不为这位 88 岁高龄的农民母亲称赞。罗江明从上海回到泸州后，老姐妹和邻居都来朝贺。一个农村老太婆在乡下住了八九十年，一下子去了大上海，看了世博会展，看了东方明珠广播电视塔，参观了浦东新区，游览了黄浦江码头、海港，去了著名风景区外滩，登上了人民海军的大军舰，照了好多照片。在上海的日子，天天都是好看的、好玩的……

罗江明拿出一大叠相片，一张一张地告诉老姐妹们：这儿是外滩，这儿是黄浦江两岸，这儿是世博会展中心，这儿是东方明珠广播电视塔，这儿是大军舰……参观上海，天天都快乐，天天都高兴。走累了，孙儿用轮椅推我走，边走边给我讲大上海的故事，儿和媳妇儿、女和外孙女从不离开我半步。每参观一处，都让我看个够，让我欢喜得很！一张张照片在老姐妹们手中传递，犹如大上海的动画片，让远在泸县立石艾大桥村的邻居们也参观了大城市——中国人的大上海。罗江明的口述、亲历所见所闻之事，很快在泸永老家传开，罗江明成为上海世博会的义务宣传员。

后来，为纪其事，有竹枝词三首：

二〇一〇浦江岸，上海世博惊世界。

万国来朝人如织，城市美好唱和谐。

陈母江明八十八，七月举家看上海。

健步无须鸠杖扶，谈笑风生一路来。

南浦大桥留足迹，黄浦灯红笑开颜。
东方明珠电视塔，百层楼高入云天。
广场一家合个影，中华盛会传四海。
城乡互动唱新曲，欢聚浦东交响乐。

海宝大使迎远客，天人之和吉祥物。
理想沟通主题词，和谐城市主旋律。
创新共赢和平路，融入全球大中国。
东方龙腾一会展，五洲携手缔未来。

罗江明上海之行

罗江明在海港

陈家六世老屋基　祝福声声情意绵

　　2013 年 1 月 30 日，善新、善富、善英代表陈氏家族儿女、孙辈，在泸州南苑宾馆为母亲罗江明举办了九十寿辰庆典。儿女们与来祝寿的亲朋好友、邻里乡亲欢聚一堂，为母亲办生日酒，代表家族、兄弟姊妹、儿女祝福母亲安康、长寿，贺母亲九十年瑞吉祥如意，寿比南山不老松，福如东海万年长。寿星罗江明在生日庆典上慷慨陈词：

　　……我罗江明，今年 90 岁，经历了新、旧社会两重天的日子。旧社会穷人没饭吃，没衣穿，一年四季干到头，身上也没几文钱，那些年日子苦啊，娃儿过得造孽哟，十冬腊月天无棉袄，无鞋穿，一双脚丫巴冻得来像红萝卜，当妈的，哪个不心疼啊，没办法呀，人穷了。

　　今天，儿女为我祝寿，邻里来看我，我很高兴。叫我说几句，发个言，我要感谢共产党，毛主席，为天下穷人翻了身，人民当家做主人。我要感谢邓小平改革开放政策好，抓经济发展才是硬道理，千百万农

罗江明九十大寿

民工进了城。

我要感谢江泽民领导全国人民走向新世纪。我还要感谢胡锦涛继往开来的接班人。如今习近平总书记，带领人民实现中国梦，人民越来越幸福，中国越来越强大！

感谢各级领导、老哥老姐、父老乡亲对我儿子陈善新的关心和支持，感谢泸县人民政府对时代公司的大力支持。在这里，老太婆向你们鞠躬，谢啦！

一席话，让来宾、友人和亲戚、邻里父老们为之惊叹，罗江明思维敏捷、条理清晰，从头至尾有章有法，声音洪亮、吐词清楚、一气呵成。话音一落，场内外响起热烈的掌声，前来祝寿的人纷纷上台与寿星合影留念，一张又一张拜寿的相片定格了欢乐、幸福、喜庆、热闹的瞬间。

罗江明与子、媳合影

罗江明与儿孙重孙合影

搬进新家陈家院　圆了母亲新房梦

2015 年 5 月 13 日（农历三月二十五日）这一天，对罗江明来说是一个值得记住的日子。这一天是陈家大院动工修建的良辰吉日；这一天，罗江明扳起指拇算了算，从 1958 年 8 月间那场暴风雨，使九块田陈家老屋垮塌了，不能住人，一家老老少少去刘湾暂住，就快六十年了。

在九块田老屋基重修陈家住房，这是罗江明一生的心愿，也是陈家历代先人的遗愿。如今动土开工重建了，罗江明祈祷老天保佑，祈祷列祖列宗在天有灵保佑早日建成，以了自己回九块田的心愿。

善新、善富和儿媳妇儿告诉她，九块田重建新房完全是按老规矩办，请了大师来看风水，上至天象、下至地理、中贯人文，做到选址、住房布局以玄武、朱雀、白虎、青龙，"负阴抱阳，背山面水"而定，又按风水、阴阳、五行、八卦来达到"天人合一"来设计，对通风、水源、交通、道路以及邻里关系都进行了合理的安排。

工程技术负责人唐云清告诉笔者，根据上述要求，所设计的九块田陈家院北高南低，南向门多窗多，有利于挡寒风纳阳光，做到地基西北高、东南低，有利于排水，宅前设计池塘，大院左侧有条大通道，大路不冲门，房屋周围的雨水、流水弯曲有形，门前、屋后没有屋脊，墙角直冲，宅前坝子犹如聚宝盆，福禄寿喜财五福盈门，对正门、堂屋、居室、水井、灶房、仓库、柴屋、猪圈等都做了精准的布局，实现采天地之灵、纳万物之根本，道法自然与统一。

陈家新院

开工时，先祭土地然后动工，奠基，砌墙底，立中柱，上梁选黄道吉日，唱祈求吉祥如意的上梁歌，挂财角，立门时书写八个大字："招财进宝文运兴旺"。

泸县、永川两县交界的乡镇、乡场上和农村建房的民俗中，都有说吉利子的风俗。"吉利子"是吉祥、利达之吉祥话。从建房备料动土动工到完工进宅，每一个环节都有一段吉利子，说给主人家，让人高兴、喜庆、欢快。表达了人们在建房过程中对美好生活的向往。

备料吉利子：

恭喜主家修华堂，木匠来说选柱梁。
木龙生在高山上，又粗又长木为王。
粗的用来做中柱，直的用来做横梁。
大小长短不用量，方圆尺寸正相当。

奠基吉利子：

龙凤宝地紫气扬，财宝落地福满堂。
四方全是金镶玉，财源茂盛达三江。
安上镇宅大元宝，太平安乐儿孙康。
一年四季佑平安，富贵荣华万年长。

立中柱吉利子：

四根中柱擎天柱，八根壁柱撑金梁。
中柱壁柱竖得正，不高不低又不旁。
只等良辰吉时到，金梁架到中柱上。
良辰自有喜鹊到，吉时迎来金凤凰。

安石敢当吉利子：

基石生来四角方，出自泰山尖顶上。
月洗日晒天地造，风霜雨雪石敢当。
千锤万凿奠基石，今日良辰到主家。
基石托住主人福，主人基业万年长。

上梁吉利子：

秋风起，桂花香，要请主人开宝箱。
宝箱开出只只满，取出绫罗万丈长。
万丈长，金朝缠上紫金梁。
一缠长命多富贵，二缠黄金满玉堂；
三缠主公福禄寿，四缠团圆配成双。
五子登科都及第，六六大顺正兴旺。

日出东方喜洋洋，宝地上面建华堂。
前面砌的状元府，后面造的宰相堂。
东面筑的金银库，西面建的积谷仓。
凤凰飞来家门口，诸侯出在你府上。

立门吉利子：

新建华堂金门龙，主家世代有殊荣。
大红灯笼挂两头，日子步步登高楼。
一边红来一边绿，儿孙个个有俸禄。
一边绿来一边红，门里门外飞金龙。

红的绫缎绿的绸，前檐拉到后檐头。
多子多福又多寿，大富大贵度春秋。
五谷米粑白如银，散给邻里众客人。
四邻和睦家道旺，越富越贵越康宁。

泸永、永泸两乡土挨土，田挨田，建房风俗是上辈传下来的，还有砌山墙吉利子、砌外墙吉利子、盖瓦吉利子、门上贴福吉利子、打井吉利子等，成为民俗文化、口头文学的一朵奇葩。如今，建房吉利子又与时俱进，创新了段子：

新房红灯高高挂，全家都来干四化。
门前金花插得高，年年都把产量超。
建房斧头凿一凿，儿孙个个上大学。
修房尺子量一量，仓库堆满万斤粮。
建新房，插金花，幸福花儿开万家。

2015年9月20日（农历乙未年八月初八），九块田陈家大院主体工程完工。儿媳罗应芳告诉婆婆罗江明，搬进新居的日子已看好了，农历九月初八即2015年10月20日，进行乔迁新居之礼。

搬家的日子择定后，罗应芳就开始准备了。川南地区，无论城市还是农村，乔迁都是一家的大事，必须选在黄道吉日，以主人的八字大小，按金木水火土五行来测，以宜搬入新居的期会中进行，方求大吉大利，大富大贵。

泸县、永川区交接的乡场，生产队的村民，世世代代一直保持乔迁之礼的民俗。其中请火神、敬土地、敬灶神、敬财神，祭祖宗、祭拜天地君亲师为之行大礼。

请火神。就是迁居时带走家中原居住处的火种，让吉祥、驱邪的火点燃新房中的火，象征家道红红火火，出入平安。

主妇请火时，唱道：

搬火进门，火神佑家；
搬火进家，人丁安康；
搬火进房，四季亮堂；
搬火进屋，辟邪镇宅。

敬屋基土地神唱道：

土地生万物，民以为功；
生金生木生水生火全为土。
土地行之顺，民皆妇子宁；
时寒时夏时雨时阳天道顺。

敬灶神念道：

搬灶进房，灶神菩萨请入堂。
搬灶进屋，灶神佑家又护物。
搬灶进家，油盐柴米堆满仓。
搬灶进门，日子红火喜盈门。

敬财神念道：

抱财归家财运好。
抱财进门福寿长。
抱财入房家小康。
抱财到屋金满堂。

搬新房，主人抱一捆柴（财）进家，拜八方财神赵公明，预示生意通四海，财源达三江。唱曰：

香红灯明敬财神，日积月累金满银。
生财有道万事顺，家门拜谢赵公明。

神灵拜后，生火煮新居第一顿饭菜，并以酒饭之礼祭祖先，祭天地。用当年新谷新米煮饭，以年酒为祭酒，献上刀头、供品、鸡、鸭、糕点，秉香而祭而拜。颂曰：

九双筷子九个碗，列祖列宗全请来。
八宝供在桌子上，乔迁吃喜坐堂前。
六畜兴旺五谷丰，四时八节拜祖宗。
吉星高照人增寿，华堂生辉椿萱茂。
江山聚秀归新宇，里有仁风春日永。
乔第喜迁基业兴，堂开画锦门燕喜。
紫阁祥云物天宝，朱轩瑞云人杰灵。
慎其独也润屋基，祖德福泽佑后人。

颂毕，主妇盛一碗白米饭，一把抛上天，祭天官；一把撒向地，祭地官；一把丢入水中，为之祭水官。再舀一碗喂狗，以谢洪水年狗尾上藏下谷种，方有民以食为天。

请神敬神，拜祭祖先之后，一家人入座，团聚新房中吃第一顿饭，预示年年有余，风调雨顺。从此，"宏图大展兴隆宅，泰运长临富裕家"。

陈家神龛

陈家祠堂

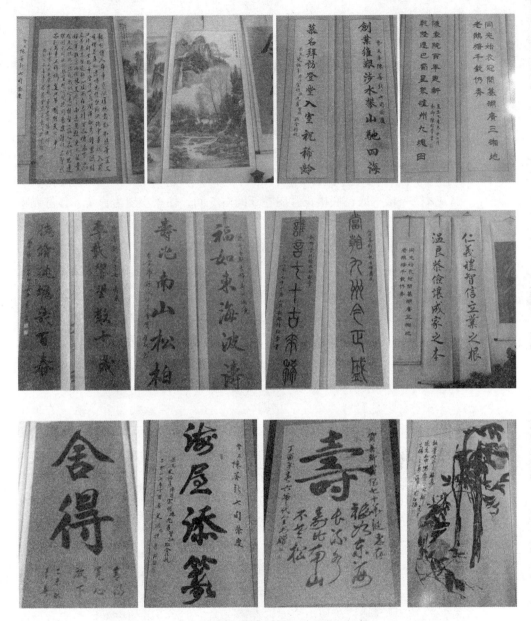

陈家新房墙上字画、对联、诗赋

走进九块田，看见原老宅地基上新建的陈家院，第一感觉是一处依山起势、临水赋形，体现了天人合一、自然和谐的川南民居建筑风格。粉墙灰瓦，正中置堂屋，屋脊缀"中花"，花中一个"陈"家，鳌尖雄伟、气势，一看就是湖广移民填川，住宅传承了老家湖南新化鹅塘祖宅的样子。有联云：

同光始衣冠，开基湖广三湘地老鹅塘千载仍秀；
康乾迁巴蜀，星聚泸州九块田陈家院百年更新。

大院一楼一底，底楼正堂屋左5间右5间，住家小屋为善新、善富兄弟住房，堂屋为陈家神龛和列祖列宗的牌位、香案、拜台，左右是字画、楹联布置墙上，屋内有神坛，土地佑宅。一套红木茶几、桌、凳、椅，古香古色，拜台香案上是四时供果以慰先人。庄严、肃穆，大有陈氏一门宗祠之瑞气，好一个紫气东来之象。

楼厅正中，布局大气，匾额、字画、对联、诗赋四壁，彰显耕读传家、礼义仁和、立善从新的家风。大厅两侧有8间小卧室，为孙辈住房。立于楼厅远眺笔架耸翠，山峦万马归槽，正沟大田梯次而下，望不到尽头，门前荷塘鱼跃，田畴芬芳，栏杆上的灯笼花串化作吉祥、富贵、安康。

坝子右边是厨房、杂屋、猪圈、洗手屋，一株老大的金钱树，浓荫如伞，枝繁叶茂。房后山上那株檀香木树在修竹中，世称"风水树"，为陈家院的吉祥物。房左是进出大路，路通吉安、立石、大磨；通重庆、成都。

进陈家院，拐弯处是渡槽，泸县人称"天河"。那是1959年12月，大办水利，兴建三溪口水库，修干支渠道71条，总长463.04千米。艾大桥水库的干支渠长达30千米，九块田旁边的渡槽是泸永乡境内一段，灌溉面积达到2.4万多亩地，是当年"农业学大寨"的水利工程。如今，每当乡亲从这段渡槽下经过，上辈人就会给儿孙们讲当年战天斗地的故事。大鹿溪河的水进入艾大桥水库，为泸县、永川两县的农业用水、农村用水、农家用水带来福音。渡槽虽已成为历史，但它在泸永乡、永泸乡的历史上留下浓墨重彩的一笔。如今九块田还保留这么长的一段渡槽遗存实属珍贵。

一条新修的乡村水泥路，通向九块田，道路两边全是笔直的桉树，每株高达10余米，问村民这小叶桉树有什么作用，回答说可做棚架，可做家具，也可做柴火，用途很多。沿着S形的水泥路，行约100余米就到了陈家院子，大门左墙上有晏佑笙先生题的《陈家院赋》，有注文："2015年乙未岁三月二十五动工，八月初八落成"。赋曰：

陈家院赋

陈家大院，百年老宅。
面迎笔架，九块田基。
钟灵毓秀，人文蔚启。
六世故里，福荫子孙。
经年风雨，断垣残壁。
盛世兴家，光复祖业。
重修宅院，叔侄同心。
长兄承头，弟媳揽事。
兄嫂提纲，举家之力。
落成新院，巍巍新宅。
壮观宏伟，幽幽庭院。
花木四时，荷塘月色。
德星永耀，桃红李白。

垂范后昆，同心百世。

裕后光前，百福临门。

紫气东来，德泽万年。

九十三岁逢新年　九块田喜办寿宴

母亲 93 岁的寿宴决定在腊月十九办。在什么地方办，娘母家各持己见，母亲生日后十天就是年三十，母亲说，年三十团圆饭提前几天，这样就又过生日又过年！

自从 2001 年后进了城，母亲的生日酒几乎都是在馆子里办，拿来菜单点八个菜，叫办"八大碗"，加上杂烩头个碗，就是"九大碗"。记得母亲九十寿诞那年的生日酒办得热热闹闹、风风光光，把亲朋邻里请来吃酒沾沾寿星的喜气。

九块田陈家老屋修好后，母亲的生日酒儿女们格外上心，原本在城头找一家餐厅，母亲却坚持回农村办，说是在陈家院办更有意思，会更热闹，几乎是给善新下命令。善新、应芳与兄弟、弟媳、幺妹、妹弟一商量，遵从母命，把生日酒办在九块田家中。

罗江明看见儿女、媳妇为寿宴做准备，心中十分满意。早早地就从御景苑 29 层电梯楼上回到九块田，还把三舅娘等几个老姐姐请来家中耍，"打大二""摆十块"，炒点干胡豆分给大家做赌注，输了数胡豆，有时把钱拿出来，打一角，打两角，打了大半天输赢不过八九角钱。几位老姐姐一拢屋，那前三皇后五代、陈芝麻的龙门阵摆个没完：那天一同去割草，把黄鳝当成佘老二（蛇），蛇苞当作蕨秧苞来吃，上树采桑叶、摘桑苞来吃，一双手、一个嘴巴全吃成紫色，还往脸上抹，到天黑了才回屋，等到的是斑竹笋子炒腿筋肉——一阵好打……

一说"打大二"，几位老姐姐的话匣子就全打开了。"泸州大贰"名堂是有口诀的，什么"天地红黑水上漂，三龙四坎海底捞，梗棒乱报归炮摸，全黑三招昆黄包"，还有大贰牌和子口诀：

九三六一碰一碰，十二九六坎上逢。

十五十二九过招，十八十五十二龙。

一二三是六和三，二七十是九和六。

"泸州大贰"起源三国，诸葛亮五渡泸水南征孟获，摆下水八阵、旱八阵、天八阵、地八阵、人八阵，孟获不识八阵图而七擒七纵让孟获心悦诚服归顺蜀汉，这八阵图之妙就是竹牌成阵，官兵持牌入阵而演兵对决。后来在泸州水码头传下来，竹牌又为号签为劳动计件之用，再后来把竹牌改用纸牌，轻巧、方便，三人、四人都可玩耍起来，就有了规则、玩法。

　　罗江明学打大贰，师傅多，但女婿周裕坤说，是他教丈母娘打会的。兄弟媳妇李素英说，与大姐打大贰，多打几回、多摸几回、多数几回、多和几回就慢慢学会了，师傅请进门，手艺在个人。

　　"摆十块"也是周裕坤教的，那年去部队探亲，看幺女和女婿，闲来无事就学会"摆十块"的纸牌游戏，还有逗龙，一个人玩也会上瘾，快快乐乐、高高兴兴又一天。

　　生宴的九大碗，农村又叫"流水席"，全是三蒸九扣、热菜，八个人坐齐就上菜，一个掌盆内放一桌菜，蒸、煮、焖、炸、红烧、白砍、小煎小炒，加上几个下酒菜就开席了，单碗大壶装，随便喝，不醉不归，散席时还带点杂包回家，方显主人家大方、贤惠、有操持、儿女孝顺，传个好名声。

　　乡亲们祝酒时去问母亲，为啥子要回农村来办？母亲回答说："城头馆子再大再好也不如九块田家中办好，乡下邻里关系好，有啥子事喊一声就来了，不像城头人，一天到黑门都关着，住了几年了都不知对门姓啥。回到九块田，山青水好人更好。城头再好也是儿孙们的家，我的老窝在九块田，在陈家院，回来是陪陈家的先人，梦中也好同他们说说话……"所以人要叶落归根。可见母亲在九块田这儿有她熟悉的人，熟悉的事，她一生中所有的经历、所有的感情都在九块田。

第十一章

九十四年人生路　长歌一曲忆母恩

一个人的生命有多长？一个人的路有多远？自古俗语已有回答："人生一世，草木一秋。"

哲人说，人生就是一个圈，从起点出发，转了一个大圈之后又回到原来的地方。无论一生中有多少风风雨雨，有多少坡坡坎坎，有多少悲欢离合，有多少病痛灾难，有多少饥寒饱暖……都会过去，一切都会化作云烟。有词云：

且莫说，人知初。有谁落地笑呵呵。

别说人难做，别说人好做。好做难做都得做。

做得人上人，滋味又如何。

回头看，是善是恶，是功是过。

千年自有人评说。

燕　巢

叶落终归根　母回九块田

罗江明回到九块田陈家百年老屋基上新的大院，看到坝中间那株金钱树青枝绿叶，看到房后檀香木树高大挺拔，竹林郁郁葱葱，门前池塘鱼儿逐波，一群鸟儿飞来落于房头。一阵山风拂面，正沟稻黄谷香扑鼻。她深深地吸了一口新鲜的空气，顿时心旷神怡。农村、农家、农田、农户乐；山清水秀、金山银山皆由土中出。这就是一个中国农民母亲守望的幸福梦。

走进儿子和媳妇为她布置的房间，起居用品样样齐全，梳妆台上放的东西件件让她高兴。这是儿女、媳妇的一片孝心。就连床上垫单、被盖、枕头、枕巾全是棉做的，真棉、真丝织品，拖鞋、布鞋、皮鞋全是软底子，穿上稳当、舒服、防滑。进出门是平地、平路，不再爬高上梯了。

罗江明的卧室

前些年在南方大厦她坚持住底楼，说是沾地气，才少生病痛。后来搬到御景苑电梯 29 楼上住，太高了，出脚上下不方便，依然向往她喜欢的平房。平房好，出门方便，自在，用不着担心。自从回到九块田后，约上几个儿孙、儿媳，邀上几个邻里姊妹，把茶几一摆，青茶一泡，"大二""摆十块"，一玩就是大半天，这才是颐养天年，这才是老人喜欢的农家乐趣。

2016 年春节，儿孙把罗江明接回泸州过，谁知正月一过，她又回了九块田住。儿子陈善新不能说服母亲，便请来三舅娘、弟媳、叔娘到九块田来住，几个老姐姐陪母亲打牌、摆龙门阵、说笑话，高兴时还哼哼年轻时下田薅秧子时唱的情歌：

高坡顶上一树槐，手把栏杆望郎来。
娘问女儿望啥子，儿望槐花几时开。

哥是荷叶妹是盐，有茶无盐味不鲜。
荷叶盐巴煮一罐，哥心妹心永相连。

昨夜想妹来得忙，错把猪圈当妹房。
抱到猪儿亲个嘴，摸到嘴巴尺多长。

吃口烟来烟火排，情哥带信要双鞋。
白天做鞋人看见，夜晚点灯做起来。
情哥不嫌针脚怪，穿在脚上当草鞋。
鞋儿烂了帮帮在，要把奴家记心怀。

几位老姊妹聚在一块儿唱起年轻时的情歌，你一句我一句，笑得开心、开怀，一个陈家大院内满是笑声。

善新、善富公务忙，公司事情多，罗应芳、裴芳碧两个媳妇儿常回来陪婆母说说话，做点婆婆想吃的食物。节假日孙儿、重孙儿也回九块田，几代人都回九块田来，陈家院热闹起来，让罗江明最高兴不过了。特别是家中请客办酒，四面八方的宾客都来九块田，车水马龙时，老太婆的脸上全是笑容，穿上唐装礼服，在门口迎接远客，这天是她快乐的日子。

陈家大院一角

陈家大院的盆景

陈家大院的绣球花

不给子女添麻烦　后事早已细安排

　　2016 年 7 月初，罗江明总感到不舒适，腰间时而隐隐作痛，虽吃了些草药，但却不见好转。儿女说服了母亲进城住进西南医科大学（原名泸州医学院），经医生检查，罗江明被查出患了胆结石。在医院住了十来天，见病好转了就要出院回九块田老屋。儿女们不能说服她，只好办了出院手续回到陈家院。

　　罗江明回来后不久，又感到胸口上不舒服，以为是胃上有毛病，于是买了健胃药来吃，为了加大药效，把药渣都嚼来吃下去了，导致难以消化，出现炎症，茶饭不思。这一次住进了西南医科大学附属医院，经医生、护士精心治疗，病情好转，炎症逐渐平和，精神面貌也一天天好转。儿女儿媳为之庆幸，希望母亲多住几天好好养病。

　　善新和罗应芳正忙碌张罗儿子明楷的婚事。8 月 8 日，离大孙儿婚礼还有两天，罗江明要求出院回到九块田家中，准备为孙儿祝福。经两次住院后罗江明似乎感觉到自己时日不多了，身体状况大不如前些年，毛病说来就来了。原本是 8 月 10 日去参加长孙大婚的，但罗江明已力不从心了，只在九块田家中祝愿了新人喜结连理。

　　2016 年 8 月 11 日，罗江明在家中又感身体不适，女儿善英、女婿周裕坤将母亲送到距九块田 4 千米远的吉安场镇医院，请李二医生检查、开药，确诊胆结石炎症复发，得马上输液消炎，退热后医生给罗江明人工导尿，以解除病痛。李二医生和护士忙碌了一天，罗江明感到好多了。

　　2016 年 8 月 12 日上午 10 时，刘万祥端来了折耳根汤，儿女一口一口地把汤喂到母亲嘴中……此刻，罗江明才慢慢地睁开眼睛，看着守在病床前的儿女，对女儿善英说："幺女呀，你也尽孝了，不要留我了。两年前我就为自己安排好了后事，不要再麻烦了，快，快把我送回家……"此时，李二医生查房后告诉善新、善富、善英："你母亲已病危，血液几乎不能流动了，已无法导尿了。估计等不到下午就要去世，快送回家准备办后事吧。"

　　看见母亲痛苦的神情，守护在病房的儿女们无不悲伤。中午，后人把罗江明拉回九块田时她已经垂危，脸色苍白，双目无神，四肢不能动了。下午 5 时，罗江明在九块田陈家院家中闭上了双眼，停止了呼吸，安详地离开了人世。儿女们送母亲走了！

罗江明的遗体被安放在堂屋正中，头戴毗卢帽，身着青衣青裤，脚穿芒鞋，头枕黄荆，闭目安息。

邻里乡党深切悼念　儿女哭祭泪洒九天

2016 年 8 月 12 日（丙申岁七月初十未时），陈母罗江明（1922.1—2016.8）在泸县立石镇艾大桥村二社九块田陈家院逝世，享年 94 岁。陈家人从四面八方赶往泸永艾大桥村二社九块田家中奔丧，悼念罗江明。邻里、乡党、宗亲都闻讯前来灵堂拜祭这位老人。

灵堂设在堂屋，正面是一个斗大的"奠"字，两旁有悼慈母挽联：

吾母颇仁慈，最难忘，勤俭持家，辛劳克己；
子孙俱孝道，长系念，端庄守礼，正直为人。

母去不归来，听春雨连霄，蝴蝶梦中千载恨；
子情空抱痛，凭泪珠染血，杜鹃枝上一声啼。

一场风雨太无情，萱帏被摧残，斑衣欲戏谁欢笑；
九四海筹添不足，蓼莪今抱痛，母恩未报我伤悲。

家务善操持，为父担风险，抚子尽劬劳，待孙曾捧负提携，平生未享清闲福；
萱帏多雅量，庄稼欠收成，衣食难温饱，遭变故逆来顺受，垂老终无怨恨声。

罗江明的遗体在松柏鲜花之中，神态安详。过桥灯闪烁，冰块垒起，护以四周。灵堂大门两侧是宗亲、邻里、晚辈送的花圈，有陈氏宗亲会送来的挽联、挽诗、挽词，其中有兴文陈氏文化研究会陈万平先生的《悼陈门罗江明老太君》诗：

驾鹤仙归老太君，年将百岁赴天门。

陈家大院悲声恸，九块田中泪湿巾。

思往昔，忆慈亲，难忘教诲与深恩。

西南义族哀鸿起，懿德长昭裕后昆。

江安沙漕益恭堂陈氏宗亲会陈亮（宏）拜题《痛悼陈门罗老太君百寿仙逝》：

罗江明去世时的展板

金萱鹤驾会灵山，恸地哀沉九块田。
只恨慈云留不住，长昭懿德佑后贤。

孝男德隆诗《悼江明婶婶》云：

福星陨落九块田，陈氏宗亲泪涟涟。
九十四岁登仙界，众盼来世再续缘。

邻里、乡党、宗亲挽联云：

慈竹当风空有影；晚萱经雨不留芳。

青鸟传来王母归时环珮冷；玉箫声断秦娥去后凤楼空。

夜月冷荀帏尚有余芳留德曜；秋风鼓庄缶不堪清泪洒安仁。

了无遗恨留闺阁；自有余徽裕后昆。

宝婺光沈天上宿；莲花香现佛前身。

瑶池旧有青鸾舞；绣幕今看白鹤翔。

流水夕阳千古恨；凄风苦雨百年愁。

彤管芬扬久钦懿范；绣帏香冷空仰徽音。

凉月写凄清环砌秋声听信倍惨；慈云归缥缈空庭落月恨如何如。

九块田陈家院，从 8 月 12 日午后未时许，罗江明仙逝的消息传出之后，远在外地的亲友们得知这一噩耗后，电话悼念、手机、短信、QQ 群、微信……通过各种方式关注一个地方，那就是九块田陈家院。

善新、善富、善英及亲属发讣告，组成治丧委员会，从灵堂布置、遗体安放、香烛供果以及孝服、青纱、白布、麻叶配饰到接待吊唁宾朋，跪拜、叩首、上香、鞠躬、主人回敬，安置厅中饮茶、斋饭、送客车辆有条不紊，就连音响乐曲播放、鞭炮燃放、挽幛、匾额收拾等都细到人头。

罗江明仙逝乃一方百年不遇的喜丧，吊唁场面让人难忘。

泸县的八月间正是中伏热天，处暑临近之期。儿女、媳妇、女婿、孙儿们按农村传统的丧葬习俗，为逝者"念七"，超度亡灵。

大热天气，弄来冰棺、冰砖、冰块护着罗江明的遗体。坝边上魂幡飘，纸钱燃，悲歌响，哀乐鸣……陈家悲泪，大院悲曲……陈氏罗母西方行，一路走好，儿孙送行。

2016年8月21日（丙申岁七月十九），罗江明家奠之祭在九块田举行。

中国台湾致公党中央委员会主席陈柏光送来花圈，委派世界陈氏企业家联谊会副秘书长、台湾沃华国际投资控股集团副总裁陈敏宗亲莅灵前祭拜。

世界陈氏企业家联谊会、世界恳亲联谊会、世界胡松公文化研究总会、台湾沃华国际控股集团分别敬献花圈。

四川义门陈酒业有限公司敬献花圈。

湖南省陈氏文化研究会会长陈焯伟敬献花圈。

重庆陈氏文化研究会敬献花圈。

四川宜宾陈氏宗亲联谊会敬献花圈。

四川自贡陈氏宗亲联谊会敬献花圈。

泸州陈氏宗亲联谊会敬献花圈。

泸县立石镇人民政府敬献花圈。

泸县立石艾大桥村民委员会敬献花圈。

泸州中实集团敬献花圈。

川南陈氏宗亲会敬献花圈。

1600多人参加祭祀活动。

陈氏富顺板桥希洛公支系陈卫发《祭川南陈门罗氏江明老太君仙逝文》：

时维公元二〇一六年丙申七月十九烈日朗曜，天青云澜，奠之良辰，祭之吉旦。

泸县立石九块田望族名门陈家大院，五服内外，济济衣冠，堂堂前庭，肃穆庄严，虔具三牲酒礼，诚献香烛冥钱，黄钟大吕，珍馐玉馔，周礼之仪，祭祀之典，恭祭新辞世之陈门罗氏江明老太君享年九十四寿之灵柩前，辞曰：

　　陈母罗氏，名讳江明，民国壬戌，诞于永邑。时值世乱，贼寇入侵，饥寒交迫，乡穷家贫。

　　自幼淑惠，勤苦聪颖，受启蒙训，善恶分明。挑花刺绣，走线飞针，厨案家务，无所不勤。

　　贫贱不奇，志坚心恒，困辱不移，自力更生。抗战胜利，九州欢腾，喜订姻缘，家国泸永。

　　陈公绪安，伯万家门，夫义妇顺，家风严谨，相夫教子，人兴财兴。以善为友，以德为邻，以新为贵，以富为仁，以超为励，以英为尊。天不假年，岁在丙辰，代发公殁，临终遗训：

　　兄友弟恭，孝待娘亲，建居大厦，家和不分。积德行善，齐振家声，家风家训，代代传承。

　　独木难支，孤山易平，顺天应变，萱立椿倾。慈母为柱，子孙同心，谨遵父命，克难共擎。

　　江明老人，德育子孙，礼义廉耻，孝悌忠信。为官造福，体恤民生，贱不失志，贵不欺凌。

　　经商创业，诚信为本，穷则思变，富不忘恩，达济天下，施惠苍生。顶天立地，磊落光明，兢兢业业，勤勤恳恳，堂堂正正，白白清清。播撒雨露，叶茂根深，承蒙光暖，繁花似锦，为子为孙，辛勤耕耘，四世同堂，四十之春。

　　丙申七月，中元即临，黄泉开路，虞舜出巡。热浪升腾，暴雨泣鸣，长江沱水，波澜滚滚。

　　江帆流远，渔火长明，寿星陨落，驾鹤西行。无疾而终，寿终内寝，临别指引，三孝文明。

　　其心昭昭，其意冥冥，恩耀月华，荫佑子孙。以德配天，永载乾坤，来生再报，三世恩情。

　　香火萦绕，松柏常青；伏维尚飨，大爱永存。

　　是夜，川南丧葬礼俗称之"坐大夜"。灵堂上设三牲肴馔，族人行三献之礼，其仪节由主祭人三献之颂，四书之孝章，诵孝经，读礼，扬旌，赞讲，以有食终献，读祭文。

长子善新跪颂家奠文：

今日里，跪灵前，哀哀奉上；叫一声，儿的母，痛儿亲娘。

孙呼祖，儿喊娘，不见声响；娘酣睡，不理睬，痛断肝肠。

往日里，娘康健，庭园观望；打扑克，和大二，笑声满堂。

近日来，娘染病，身体不爽；肝胆痛，胃发炎，病倒在床。

住医院，求名医，良方用上；求神灵，施宏恩，保佑安康。

一时轻，一时重，病情难掌；苦折磨，越严重，病入膏肓。

儿好悔，平日里，照顾不当；管孙儿，轻我母，太不应当。

勤保养，细照顾，改变病状；强身体，活百岁，还会更长。

跪灵堂，思万千，求母原谅；悲愤愤，凄凉凉，眼泪汪汪。

月初十，陈家院，噩耗钟响；儿娘亲，丢下儿，步入天堂。

叹我娘，二二年，来到世上；大磨乡，堰塘坎，新添闺房。

腊月间，十九日，母亲生长；姐弟二，我的娘，大姐排行。

又克勤，又克俭，女中榜样；性温和，人聪慧，贤淑端庄。

乐好施，行方便，人人敬仰；善女怀，淑女心，菩萨心肠。

乙酉年，与我父，结为伉俪；陈家院，九块田，来了我娘。

孝父母，敬曾祖，家庭和畅；妯娌和，姐妹亲，欢聚一堂。

娘爱父，父疼娘，祸福同享；兴家庭，育女儿，鼎力相帮。

家贫困，去帮人，官家府上；煮茶饭，搞卫生，还洗衣裳。

四七年，九块田，喜忧同降；一半喜，一半忧，家境彷徨。

三月里，十三日，喜从天降；老娘亲，生大儿，挑起长房。

十月间，家遭难，祖母命丧；娘守孝，办丧事，累倒灵堂。

四九年，陈家院，刚刚解放；这一年，又添喜，喜鹊闹房。

四月里，二十八，二弟生长；当大哥，喜滋滋，多个帮忙。

五一年，曾祖母，医治无望；三月间，洒人寰，步入天堂。

办丧事，我的娘，尽力撑挡；孝孙媳，众口称，族人表彰。

五三年，儿三弟，相继生长；弟兄三，围着娘，快乐时光。

可怜我，亲三弟，重病染上；七六年，医无效，命赴黄粱。

母中年，损幺儿，精神惚恍；终日里，人昏睡，茶饭不张。

可怜母，多坎坷，难以报偿；慈母爱，比天高，永记心旁。

五六年，我幺妹，来到世上；娘疼爱，似宝珠，女不离娘。

七六年，儿的父，医治无望；离亲人，别故土，步入天堂。
家庭中，缺主人，天倾地荡；贫困家，真乃是，雪上加霜。
统儿女，把丈夫，安埋厚葬；擦干泪，替夫君，统率家帮。
四十年，娘居孀，令人敬仰；贞节母，厚淑德，千古流芳。
平日里，娘教儿，忠孝为上；会感恩，讲诚信，善待家乡。
承祖训，好家风，娘是榜样；取不尽，惠子孙，家风永长。
逢改革，儿辞职，下海闯荡；娘担心，有风险，挂心挂肠。
办企业，娘支持，信心倍长；再吃苦，再受累，不负我娘。
换位思，心换心，娘经常讲；驾驶员，出车回，娘端热汤。
做后勤，搞服务，哪怕晚上；洗铺盖，做茶饭，尽力相帮。
企业兴，我的娘，功劳致上；含着泪，喊破声，谢谢我娘。
忆光阴，似流水，快速流淌；看今朝，孙儿辈，跪满灵堂。
昔日里，我祖母，去把厨上；炒肉丝，凉拌鸡，味道好香。
孙儿们，幼年时，祖母抱养；挂挂钱，小红包，年年不忘。

二儿善富哭母：
五八年，我大哥，疾病染上；脑膜炎，来势凶，手脚冰凉。
无钱财，住医院，娘把法想；白日里，干重活，筹集钱粮。
到晚来，娘守儿，直到天亮；凉水冰，热帕敷，总在身旁。
儿年长，上学堂，吉安场上；学知识，明事理，学习文章。
父亲病，兄妹小，无人撑掌；在农村，无劳力，日子凄凉。
护病人，育儿女，娘把命撞；田中活，娘不推，敢于担当。
伙食团，不够吃，让儿先享；清米汤，和野菜，娘的口粮。
有上顿，无下顿，靠娘撑掌；宁饿饭，不做贼，内柔外刚。
骨如柴，身单薄，纸人一样；还不忘，去喂猪，工分挣粮。
蹉跎月，度如年，年岁增长；培养儿，学手艺，语重心长。
我大哥，爱机械，从小立向；农机站，拜师傅，机械专行。
找三舅，学木匠，二子前往；衣食父，恩如山，终身不忘。
我幺妹，年幼小，读书为上；教裁剪，学针线，在家帮忙。

幺女善英思母：
花甲前，是今日，女儿生长；兄妹三，唯有我，独是女郎。

娘说是，我六十，亲自前往；到我家，娘母们，摆摆家常。
早也盼，晚也盼，朝思暮想；又谁知，娘母们，相会灵堂。
每一年，到今日，女把娘想；悲切切，意浓浓，终生难忘。
女儿长，娘选婿，吉安方向；择佳婿，周裕坤，招入东床。
八六年，女随军，娘遥盼望；娘思女，女想娘，娘母情长。
裕坤婿，在部队，常把娘想；路遥远，开专车，回家接娘。
峨眉山，古庙寺，娘曾游逛；今重游，怎不见，我的亲娘。
娘爱进，我厨房，安排停当；女生日，满六十，不见我娘。

儿媳哭婆婆：

儿成人，论婚嫁，娘挂心上；长媳妇，罗应芳，贤淑端庄。
进陈家，娘待我，亲女一样；教厨艺，学持家，都是我娘。
娘教我，做大嫂，宽宏大量；待弟妹，要耐烦，能帮则帮。
几十年，婆媳间，从未顶撞；既和谐，又宽容，商商量量。
娘走亲，包东西，媳妇分享；好吃的，儿媳妇，要母先尝。
今生世，婆婆情，未能报偿；有来生，做婆媳，再孝我娘。
二媳妇，艾氏女，英年早丧；继配妻，裴芳碧，撑起门墙。
母不嫌，媳来迟，处处着想；娘怕我，不习惯，事事相帮。
我爱娘，外出时，愿当拐杖；娘生病，我情愿，煎药熬汤。
知礼仪，懂孝悌，靠娘教养；好家风，传子孙，源远流长。

孙儿忆祖母：

初八日，明楷孙，新婚礼上；缺祖母，在医院，好不悲伤。
孙儿辈，承父志，在外闯荡；回家中，不见祖母只见床。
思祖母，忆教诲，耳边回响；祖教孙，家贫困，尽力而帮。
遇风险，救危险，挺身而上；待朋友，孝老人，实心实肠。
强地震，在汶川，泸州震荡；楼欲坠，临生死，人心惶惶。
婆与伟，被困在，廿九楼上；人跑光，楼停电，好不慌张。
孙背婆，婆靠孙，拼命前撞；步蹒跚，下高楼，胆战心惶。
祖福荫，保婆孙，安然无恙；婆积德，益孙儿，福荫永长。
雅安市，芦山荡，又来震荡；婆闻讯，心焦虑，好不悲伤。
送药品，捐钱粮，明楷前往；代祖母，献爱心，陈氏风扬。

陈氏一门跪拜、叩谢母恩，祝慈母驾鹤西归，早登极乐世界。

善新跪颂：
母人生，贫不移，做人坦荡；忠与孝，仁且义，磊落高堂。
辛与苦，简且朴，为人着想；母遗训，陈氏风，源远流长。
儿难效，那王郎，卧冰求鱼奉爹娘；
儿难效，梦中郎，梦中哭竹孝爹娘；
黄泉路，路途遥，父亲迎母奈何桥；
上天庭，乐逍遥，金童玉女迎接娘。
呜呼哀哉！一叩首，跪，拜！再叩首，跪，拜！三叩首，跪，拜！

家奠祭祀礼毕，围鼓乐曲开场，喧闹终夜。黎明时分，盛陈仪仗，动棺送葬、入土，三日复山。

守灵之期，有山雀飞至灵堂久久不去。族人为之惊喜，此乃母三儿善超魂兮归来，化作云雀，堂前祭母。

次日，有蜻蜓飞入灵堂，绕罗氏冰棺飞来点头不去。亲人喜曰，此乃王母派仙子下凡，为母西天极乐世界传书捎信来矣。

孙儿明楷峨眉山寺为祖母超度诵经时，有花蝴蝶上下飞舞，停在经文簿上，为母诵经。

二儿善富为母择安葬之地，坡上失脚而跪，阴阳大师摆开罗盘测定，此乃朱雀、玄武、白虎、青龙四灵皆备之风水之所，母亲金鼎择地于此。

"念七"之时，善新梦母，母有言曰：守住九块田宅，保陈氏六代根基……

第十二章

清穆之德传后世　皓洁之行颂母仪

凯风自南，吹彼棘心。棘心夭夭，母氏劬劳。
凯风自南，吹彼棘薪。母氏圣善，我无令人。
爰有寒泉，在浚之下。有子七人，母氏劳苦。
睍睆黄鸟，载好其音。有子七人，莫慰母心。

这首诗出自《诗经·邶风·凯风》。凯风寒泉之思，写的是子女感念母恩、思念亲恩的颂母诗。世间上，同样是爱，然而，子女对于母亲的关爱，较之于母亲对子女的爱实在是浅薄得很，没有那么深沉，也没有那么无私。

母亲罗江明走了，走时儿女们谁也没想到会这么匆忙，会这么快！善新说，儿对母亲的恩还没报答，儿对母亲的情还未回报，母亲就离我们而去……如今，夜读《凯风》，心中有说不出来的滋味。这个世界上唯一不会辜负你的人就是母亲。

母爱犹如阳春三月和煦的暖风，吹拂广袤的大地，河冰山雪而融化，江河溪水因此流淌，树叶绿，花开放，整个世界葱葱郁郁，就连石头缝中的红籽

陈家大院风水处

树（救兵粮）也开出小红花，在春风中，一寸一寸地生长，报答三春晖。

"妈妈"是孩子呱呱坠地后最先说的两个字，孩子是女人一辈子最不能割舍的牵挂，为母则强，孩子也是母亲最深厚的力量源泉。"要让子女过得好，妈吃再多的苦都值得。"这句话，陈善新、陈善富、陈善英听过太多次了，每一次听到总是会眼角含泪、衣袖湿、无言对。

陈家儿孙听过曾祖母的故事，听过祖母的故事，听过婆婆的故事；上学读书又看过许多文章里所写的母亲、母恩：孟母三迁、岳母刺字，还有历代名人母亲的故事，母亲的《摇篮曲》，母亲讲的熊家婆故事……母亲常诵的"锄禾日当午，汗滴禾下土。谁知盘中餐，粒粒皆辛苦"的诗，母亲成为子女的第一个老师。

母亲说，穷不丢书，耕读为本，于是勉励子女求学的家风家教伴儿女一生。《凯风》中"有子七人，莫慰母心"，说的是就算是有儿子七人，却还是让母亲辛苦操劳，不能安慰母亲的心。短短八个字，道出了子女对母亲的亏欠。

陈善新悲泪忆母恩

陈善新在陪笔者走访了解罗江明的日子中，不止一次地回忆，谁不想承欢膝下，可人生中有太多、太多的为难，很多的委屈都给了父母去默默承担。特别是在父母身体不好的时刻，儿女恨不得插上翅膀飞到父母跟前，可是还有责任、岗位等诸多牵绊，不能尽孝于床前，心中那份深深的自责挥之不去。自古有忠孝两难全，但为人子，尽孝是无条件的，不能打白条，更不允许欠账。然而在现实世界，忠孝总是考验着儿女，有时找不到答案。

陈善新、罗应芳在事业上有了业绩，对家庭、儿女、母亲更多是爱心和责任。善新回忆母亲罗江明时说，这个世界上唯一不会辜负你的人就是你的母亲。听得最多的宽慰，来自母亲；得到最多的鼓励，也是来自母亲；得意时、失意时、忘形时……提醒你的人、告诫你的人依然是母亲。我的母亲恨不得把她拥有的全部给儿女，想把全世界的好东西都给自己的儿女，但对于儿女一点点微不足道的回报，她总会思忖良久，思前想后，怕对儿女不好。

小时候，自己生了病，家中无钱去看医生。母亲四处寻单方、挖草药、请教乡中长者，自己当起"赤脚医生"，不仅为儿女治好了病，还为邻里、乡亲们找草药、看病，铭记乡间偏方、单方，各种草药的名称、药效功能，把能解表、止咳化痰、健脾消积、清热解毒、利水渗湿、清扫解暑、祛风除湿、宁心安神、息风镇痉、温理、理气、理血、止血、补气、补血、驱虫……的药物熟记在心，家中存放了许多草药，方便上门问药的邻里。

母亲能看病，会抓药，有曾祖母、祖母传下来的单方、验方。人吃五谷杂粮，又喝生冷水，加之气候季节不适难免生病。乡下人小病不看医生，找点草药来吃就好了。于是母亲就得到单方、验方真传，连小儿流感、小儿脑膜炎都治好了。邻里人家称她"罗草药"，抓几副草药一吃就好了。

母亲不仅知草药、找草药治病，而且还是农村接生婆，邻里好多娃儿都是她接生的。乡下女人生孩子，好多是自己接生，一旦碰上难产则要大人、娃儿两条命。陈家在九块田六代人百多年了，但凡女人生孩子都是前辈人接生。祖母走后，留下一把接生剪交到罗江明手中，说接生人心要宽，人要善，只要有人求，不管是谁，哪怕斗过嘴、是个小冤家的小仇人也得去，也不能停……母亲生我们四姊妹是自己接生的，用那把接生剪剪断了脐带。

村里离场上四千多米，生孩子的事一点都耽误不得，有时下雨天，有时夜半三更，只要有人来求去接生，母亲就得立马赶去，待娃娃生下来了，大人平安了，才拖着疲惫的身体回家，衣服没脱便倒头睡着了。

后来，农村医疗条件好起来了，年轻的妈妈们大多去了镇上接生院生产，母亲就很少去帮人接生了。但满月酒、百日酒、周岁酒却喝得不少。村里人说，让母亲抱过的娃儿都无病无痛，好养活。所以每逢村里哪家办酒，都来请母亲过去坐一坐，抱一抱孩子，就等于敬了"送子娘娘"了。

"母亲圣善""母亲劳苦"，儿女一个个都长大了，成家立业了，自己为人父人母时，才知道，母亲一生的努力，不过完成了普通的生活，她把一切都给了儿女。每当看到母亲佝偻的背影，我的内心总是悔恨，"母氏圣善，我无令人"，亲恩难报啊！

《凯风》这首诗，是《诗经》中少有的描写母子之情的名篇。

月上东山，天明已近。此时此刻，每一个儿女读此诗时，都能怀凯风寒泉之恩，感念母恩，记得百善孝为先，行孝不能等。

清代诗人黄景仁（1749—1783年），常年奔波在外，时刻牵心于家，挂念母亲，有《舟夜寒甚排闷为此》诗云：

春江羿风候，今昔夏炎凉。
袍少故人脱，棉余慈母装。
寒醒五更酒，浓压一篷霜。
此际惟珍重，谁怜在异乡。

母亲用生命抚育儿女的情深，母亲伟大的品德、风范已成为母亲岁月的经典，被儿女永记心间。

回忆母亲往事点滴

儿女为了满足母亲的心愿，让母亲安度晚年，把几个老辈子约来一齐耍、一齐玩，让母亲高兴。空闲时去门口看一看菜地、水田、山坡、水渠、水井、鱼池、猪圈、狗儿、鸡，那是母亲最开心的事。

除夕春晚，清明的专题节目，五月端午、七月半的鹊桥会电视节目，母亲看的时间越来越少了，母亲是上了年纪的人了，精神提不起来了，那一刻，儿女似乎也明白了母亲为什么越来越愿意回九块田老家，母亲的根始终在农村。

记得那是小时候，生产队的自留地分到各家，母亲就挖了几沟地种上甘蔗，甘蔗长得快，长得高，到了快过年时就可以吃了。

几姊妹一有空就到甘蔗地去数有多少根。母亲却盘算着用这些甘蔗可以熬制多少糖，糖清又可以拉扯出多少麻糖，做多少麻糖饼、麻糖杆，去赶吉安、仙龙、大磨、王坪场，可以赚好多钱回来，买盐巴、打油、扯几尺布回来，给大人娃儿做几件衣服……

快要砍甘蔗时，母亲在门前磨刀石上把砍刀磨得非常锋利，带上绳子下地了。几姊妹跟在母亲身后。只见母亲选了一根又长又粗的甘蔗，把皮剥了砍成四节，一个娃儿一节，说："一边去吃。"我们在地边撕甘蔗，母亲在地中砍甘蔗，甘蔗一片片倒来，母亲用绳子一捆一捆捆好，扛在肩上运回家。

家中有一个榨糖的石碾子，把甘蔗丢进去，赶牛拉动石碾子转起来，甘蔗水榨出来后流在大木桶中。木桶中的蔗水又倒入大缸中澄清，灶房大锅中开始熬糖了。母亲不停地搅动蔗水，我们在灶门前烧柴火，犹如士兵作战一样，听从母亲下达的命令，什么时候火要大，什么时

悠闲的鸡群

候火要小，什么时候撤火，什么时候退火。

母亲用竹竿在大锅中不停地搅动，不时挑起糖汁看色，一会儿又用竹竿裹上一坨糖清慢慢流入锅中。这是看糖熬的火候，从颜色知糖的老嫩。当灶中的火完全灭了时，母亲将糖从锅中一下子扯起来，放在案板上凉起来，撒了些米粉子，然后把糖挂在扯麻糖的木架上，用木棒穿过糖团子，开始有节奏地、有序地拉扯，一会儿拉三尺长，一会儿拉五尺长，又扯回来拉长，拉细，来来回回要扯二十多分钟，出现糖丝了，有气泡了，麻糖的糖坯子就做好了，再做成麻糖饼、麻竿糖，撒上芝麻，又香又脆，入口化渣，帮助消化的民间小吃——麻糖饼就做出来了。

看母亲做麻糖饼时我总想吃一口。母亲扯了一坨塞进我口中，只要不嚼就好长时间在嘴中不化，若是嚼了，一会儿就把麻糖吃完了。

母亲收拾好后就去赶场卖麻糖和麻糖饼了。我们几姊妹回到扯糖的案板前，一边打扫米粉，一边找糖渣渣来吃，谁先吃到就会很得意，没找到的只好在后屋头榨过糖的蔗渣中去找一把来嚼味道。

场散了，母亲回来了，麻糖也卖完了。母亲的背篼里装着盐巴、油和布。新布扯回来先给大哥做，再给二弟、三弟，一件新衣服，新三年，旧三年，缝缝补补又三年，全靠母亲来安排。幺妹想穿花衣裳，却等了好多年。

母亲一生中，与周氏（1912.5—1985.2）的姐妹情谊很深。"因周氏嫁到陈家一直没有生育，后来才续房娶了我母亲罗江明。"善富说。

周氏出生在一个比较富裕的人家，从小受到良好的教育，虽不是大家闺秀，但知书达理，对封建的礼教"三从四德""三纲五常"熟记在心，以《女诫》之训做女人、做妻子，敬公婆，善待叔姑，有口碑。罗江明嫁到陈家后，周氏便与她以姐妹相称，家中由江明操持，周氏协助料理家务，帮助带小孩，一家和睦相处，从无口角。

善富告诉笔者，自己1949年4月28日出生后，由周氏来带，她视同己出一样把我当成宝贝儿，放在手上怕丢了，含在嘴里怕化了。就连晚上都要一起睡，越来越不能离开了。几姊妹都叫她"周妈"，我叫她"大妈"。小时候淘气，经常惹母亲生气，母亲气不过，抓起棍子就打，一打我就躲到大妈身后，母亲追来见大妈抱着我，打不是、骂不是，只好把棍子一丢，说："等一会儿给我使劲打哈。"见母亲一走，我就又淘气起来，逗得大妈开心笑起来。母亲说，大妈这儿是我的躲儿窝。

母亲对孩子要求严，当孩子做错事时，母亲不但要骂，而且还要动手打人，一打我就往大妈那儿躲，大妈出面护着我，次数多了，母亲也不高兴，有时还要说上几句，说陈家祖上有训示，子不教，父之过，子不学，母之错；娃儿不打不成人，黄荆棍下出好人。大妈不生育，却十分爱孩子，在陈家，大妈爱我、护我，我成了她的精神支柱。有时还产生了"我是不是母亲生的哟"的想法。每回犯了事遭打，都是大妈保护我。

1985年2月19日大妈去世，离世已整整三十多年了。她和母亲是姐妹，如今两个母亲都走了，而两位老人家的音容笑貌却深深地印在我们儿女的脑海中。她两对儿女的爱是那么纯朴，却又那么深沉。母亲生前常说："大人（老辈）对儿女（儿孙）的爱像路一样长，而小辈对老辈（大人）的爱像筷子那样长。"当我的两个母亲离世后，我认认真真反省：不管老人对小孩的爱是原始也好，本能的也好，或是"隔代亲"也罢，老人的这种感情是最真情的、最无私的、最伟大的，它是一种永恒的爱。

记得母亲在周氏大妈临终前说的那番话，倾诉了两个老人家四十年间的感情。句句不离孝经之礼，讲的是天之经，地之义，人之行；讲的是父子之敬，夫妻之悦，兄弟之道，立业之信，理家之度。大妈感谢："母亲事夫之事大也，抚子成人立也，居家不骄，为小不乱，在丑不争，管家和如琴瑟贵也。夫道，妇道，母道而名立后世矣。"

三舅娘与大姐这几十年

善新说，母亲走后，三舅和三舅娘是自己唯一的亲戚了。三舅娘与母亲关系最好，无论是在刘湾贯牛嘴住，还是在立石运输公司住时，来往密切。后来进了城，也时而往来。九块田陈家院修好后，母亲回到老家就把三舅娘接来九块田，两位亲人一见面就有说不完的话。

为收集《母亲的岁月》这部传记文学作品的资料、口述、文字、图片，笔者从2017年1月开始了采访。三舅娘大名叫李素英，四川富顺赵化区怀德镇大成罗大湾人，一个紧靠沱江边的小村子。生父名叫万金生，小河（沱江）拉船为生，其母在叫花营与万金生相识结为夫妻。1934年5月16日，即甲戌年四月初四生下一女，取名万德群。婆婆重男轻女，要把孙女弄死，因八字大，命硬死不了；又弄去丢了，丢又丢不脱，死又死不成，只好又抱回来喂起。长到4岁时，婆婆硬是把孙女万德群抱给李家，改姓改名叫李素英。

抱养的娃儿等于捡回来的狗儿，没人疼，没人爱，从小常挨打、挨骂，吃不饱，睡不好，还要做家务，打扫卫生、洗衣服、带娃娃。长到10岁时，姨妈发善心，可怜姨侄女命苦，把李素英接到泸州城南门的木匠街住，姨父钟发廷是木匠（小墨），凭手艺养活全家，姨妈才告诉她，生母姓张。

到了姨父姨妈家，他们对人好，李素英学会在姨妈家帮做活路，去澄溪口河坝头看守木料，到中和街、木器市场看门市，到新马路水巷子下耳城河边洗衣裳，到铜码头市场买菜。姨妈生了表弟、表妹后就背上去玩，家中木匠活多了，打扫刨花、木渣来烧饭做菜。家中有什么活就做什么活，姨妈不打人、不骂人。在木匠街上也认识许多好心人的人，向他们说起身世都很同情，对她说"忍"，长大了就好了。

李素英在姨父姨妈家过了五六年的开心日子。16岁那年，经泸县凤仪乡土主场上的二嫂介绍认识了木匠艾树全，比她大8岁，曾结过婚，前妻任氏因有病分开了。李素英是填房嫁过去的，听介绍人（媒人）说，男人家有个大姐叫罗江明，嫁到九块田陈家，他随母亲改嫁到了艾家，改姓艾，学木匠为生，手艺在木匠街，人称"大指拇"，做的家具有板有眼，特别是全套嫁妆、陪嫁的

三舅娘李素英

木器活，做工、雕花、木刻、样式让买主一看就会动心，主人家就会请上门去新做各种木器，业务多，生意好，找个女人过去好持家。

两人一见面就对了头。艾树全看中她能干，吃得苦，会体贴人，又勤快，人也诚实，样儿也长得好看。李素英见艾树全人高马大，一表人才，又有手艺，是个一生靠得住的男人，虽然结过婚，离了更疼老婆，当即就答应了这门亲事。

1950年6月，李素英穿上了姨妈为她做的嫁衣，上了花轿，吹吹打打进了艾家，成了木匠艾树全的老婆。婚后，在木匠街住了五六年迁回泸县立石镇等头的新瓦房住，一住就是几十年。

艾树全（1926.2.28—2008.1.28）生前收外侄陈善富、艾国海、张富贵、陈永和、胡永友为徒弟，在新瓦房家中有个作坊做家具，赶场天由李素英挑上板凳、桌子到吉安场、大磨场、仙龙场、王坪场、云锦场、土主场去卖。

家具工艺好，料子又扎实，榫斗又规矩，价钱又公道，买的人多，生意也好。

上门活路，来料加工，几师徒赶工时，李素英就办生活，为师徒做饭，打扫卫生，洗浆缝补。若是有主人家请师徒去家中干活，李素英便在家中守好木匠铺，把存留的木器家具卖出去。

艾树全不仅做家具，也打制农具，做水车、风播、拌桶、犁头、枷担、连盖、粮柜子、钱柜儿，打木桶、脚盆、秧盆、围桶、黄桶，大大小小的甑子、锅盖、水瓢、饭瓢、汤瓢。大甑子一个可蒸一二百斤饭，专门为普照寺、元通寺、罗天寺、观音寺办庙会用的，做的酒甑子每甑蒸酒百多斤。泸永两县边的祠堂多，每年清明前后的宗亲会办清明酒，艾树全的甑子出了名。

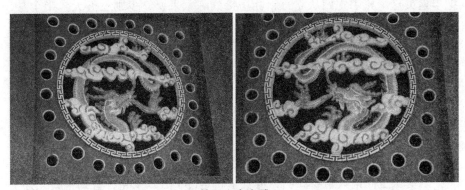

捧印山寺窗雕

公社兴办水利，修三溪水库、艾大桥水库，修引水干支渠工程，艾树全与徒弟们一起上工地，在工地上架棚棚做拱圈架，为了赶工期，白天黑夜地干，工地上人马多，车也多，修工具成了大活。农村中的泥匠、木匠、石匠手艺相通，埋个地炉子就可以修钻子、工具，所以修水库、修干支渠工程，艾树全和徒弟都去了，一干就是十天半个月，甚至衣服都来不及换下来洗一洗。

泸县大炼钢铁，上面任务交下来，木匠的活路就是去龙贯山、黄瓜山砍树，山上上百年的大树几乎砍光了，当木匠的艾树全砍这些大树砍得心疼，回到家中常为此事一个人喝闷酒，时间长了养成了怪脾气，看不惯就骂人，外侄陈善富被他三舅骂得来哭。三舅是恨铁不成钢。

外侄陈善新运输公司迁到城头后，凡公司修家具、木器之类的活都交给三舅来干，他手艺好，修得快，几个徒弟师满离开各自去谋生活，三舅一个人背上工具走村串乡，方便住家户木器的打造、农具修理，挣几个钱办生活，一家子的日子也算没问题。

三舅与三舅娘结婚几十年，夫妻恩爱，就是缺儿少女，后来抱养幺嫂的儿，取名艾国良，有孙儿艾修金一块儿过日子。2007年12月18日（农历腊月二十一），艾树全因病复发送往医学院附属医院抢救无效病逝，终年81岁。

姐姐罗江明送走兄弟艾树全（原名罗江树），担心兄弟媳妇李素英的衣食和生活，便叫善新去多关心三舅娘，家中大凡小事，时令节庆、孙儿婚娶、生日办酒、过年拜节都要把三舅娘接来家中住，两姐妹说说心里话、打打牌、逗逗乐，开开心心、快快乐乐度晚年。

2015年10月20日，九块田陈家院落成，罗江明从城头搬回家住，就把李素英这个兄弟媳妇从立石新瓦房接到陈家来耍，少则三五天、半个月，罗江明舍不得李素英回去，这两位老人家先后失去丈夫，是同病相怜的命苦的女人，所以碰到一块儿龙门阵就多。

三舅娘比罗江明小十来岁，经历的风雨也多，人生坎坷路同样长，两人在一块儿大多时间摆她与三舅一起过日子的那些事。罗江明最爱的人就是兄弟罗江树，为了活命同母亲改嫁改姓艾，学了木匠，一生也没过上几天好日子。他也认命，自己身体不好，带有残疾，讨了两房老婆都没生下一男半女，干完活路就一个人喝点小酒打发日子，苦了兄弟媳妇了。

三舅娘也同情大姐罗江明，苦日子硬是过了五六十年，直到善新儿办了运输公司，家中才一天天好起来。陈家好大一户人，上有祖母、公婆，下有叔子姑子、儿女，还有大房周氏十来口人，里里外外一把手。新中国成立后，从互助组、初级社、高级社到人民公社、管区（大队）、生产队……到儿子去了泸永乡农机站，从把陈家老人一个一个地送走安葬到儿女一个接一个出生，一把屎、一把尿地拉扯大，不容易呀，老姐姐！

回忆往事，讲述几十年的龙门阵，让两位老人心越来越平和，让两位亲人更加珍惜在九块田相聚的日子。

上了岁数的人碰到一起总是怀旧的话题多。家乡的山，门前的小河，桥下的石滩，黄桷树下的幺店子，杂货铺中的薄荷糖，场口上的脆麻花，过年时的龙灯、车灯、牛儿灯……这也许就是大作家余光中先生笔下的《乡愁》。老家的一墙一砖；村子里那久远的故事，那些人，那些物，父亲、母亲，就是儿女的记忆，就是儿女的乡愁。

三舅娘最喜欢吃姐姐做的凉拌鸡、糖醋鱼，如今凉拌鸡啃不动了，牙齿也不好了，但糖醋鱼的味道依然想尝一尝。于是就由姐姐在一边指点，三舅娘在灶台做：把鱼片口，下锅用油炸熟，十来分钟翻炸鱼的两个面，然后将豆瓣酱、醋、白糖、葱、姜、蒜、香菜等调料爆炒，做成汁水均匀地淋在炸得金黄的鱼上面，糖醋鱼就做好了。端上桌子，夹一片鱼肉一尝，外焦里嫩，沾上汁水的鱼肉又甜又带点酸味，入口酸爽。"不亚于姐姐当年亲手做的糖醋鱼，好！"罗江明夸三舅娘。三舅娘却不好意思起来："不是姐姐亲自指点，兄弟媳妇的手艺哪见得客呀！"

品尝了鱼，又做几个素菜：米汤煮冬寒菜、红苕酥、酒米饭、南瓜豆豆汤，还蒸了一碗烧白，这几样菜炯和、嫩软、入口就化渣、不黏牙，两姐妹边吃边摆龙门阵，一顿饭吃了个多小时才放碗。

三舅娘告诉笔者，在姐姐罗江明回到九块田的日子中，她就从立石新瓦房来到九块田陪姐姐耍，打打牌，冲一冲壳子，说一说笑话，到了吃饭时候都不知饿。厨房忙不过来，就先吃一点儿儿孙们买回来的点心，这样糕那样糕，酥饼和奶糖……"屋头啥子都有，啥子都不缺，日子过得开心，什么也不担心，也不发愁了，连衣服善新儿都请了人来换、来洗，每天穿的衣服、戴的帽子干干净净的，还洒了点香水，蚊子都不敢来咬我。"听了大姐这样开心，我也开心，看见大姐天天这样快乐，我也快乐。大姐的儿和女、媳妇和女婿孝顺，孙儿、孙媳妇对婆好，一家老少围着老人转，大姐晚年生活两个字：幸福！

2016年8月11日、12日，罗江明的病越来越重了，胆结石、无法导尿，痛苦难忍，胸口痛，胃中的药渣无法消化，什么东西也吞不下去了。罗江明对三舅娘说："我要走了，儿孙们的事由他们去，你要多保重，好好活下去。"对守在床边的幺女说："你尽孝了，不要留我了……"

8月12日下午5时许，罗江明在九块田陈家院安详地闭上了双眼，与世长辞。幺女善英放声大哭："娘啊，你怎么说走就走了！幺女心中一点准备都没有哇！妈哇，你老人家从小唱的《箩窝谣》，女儿至今都记得清清楚楚，女儿听惯了你老人家的歌谣长大，你省吃俭用送我去五眼仓的小学校，又送幺女进了吉安中学堂。长大成人后，又为女儿选了个好女婿，安居在吉安场同梁八队周家，从此，与母亲相隔，逢年过节才回来望娘。女儿未尽孝呀……"

善英的哭声、女儿的呼唤声在母亲耳边回荡。三舅娘呼唤江明姐的声音早已沙哑，围在罗江明身边的亲人在悲痛中，为老人操办后事。

善英裕坤陪母朝拜峨眉山

花豇豆儿叶叶长，巴心巴肝看我娘。

山又高，路又长，老娘留我过端阳。

舅舅嫌我吃得多，拿起扁担打表哥。

表哥追到大门口，叫声幺妹慢慢走。

妹呀妹，这回去了几时来。

叫鸡生蛋我才来，石头开花我才来，

牯牛下儿我才来。

　　这首《花豇豆儿叶叶长》是陈善英从小听母亲哼的童谣。如今，94岁的老母亲已驾鹤西去，看着母亲的相片，那神采、那神情，一张笑脸被大红色的唐装映得更好看。一顶狐绒紫色帽下一双眼睛格外明亮，鱼尾纹是岁月留下的痕迹，脸上那堆起来的纹路是母亲历经世纪风云的见证。

　　善英不能忘记的事有许许多多件，自己头上长了个恶疮，痛苦难忍，哭着叫娘喊妈。那时家中又无钱看医，母亲四处寻医问药，用土法治恶疮，用草药敷，用手挤脓水，用嘴把脓血吸干净，然后用消炎清热的草药贴上，一天换三次，终于医好了善英头上的疮，也没留下疤痕。

　　那年母亲手上长了疔疮，干活不方便，找土法单方来治，干脆用刀把疮挖了，当外伤来治，家里的刀口药一贴上，止血、止痛，没几天就全好了。

　　善英在吉安场读中学。那是1973年至1974年，家中经济也不宽裕，鸡下的蛋自己家舍不得吃，凑齐了拿到吉安场上去卖了买盐巴，珍贵得很。有一天，善英把男同学周裕坤带回家，母亲非常高兴，立即下了一碗面，还在面里放了两个荷包蛋，请周裕坤吃。后来周裕坤说，这是他见未来丈母娘时最难忘的事。当时那年月，能下一碗面，又有荷包蛋是接人待客的最高礼节。

　　1980年2月，陈善英和周裕坤结婚后，在婆家吉安同梁村务农，1985年，周裕坤回家探亲，从雅安买了许多土特产回来孝敬丈母娘。那年10月，善英从吉安婆家办了随军手续，1987年裕坤调到峨眉山总后汽车库，善英进了军人服务社工作，后又到地方粮站、县物资局、县农资公司工作。

　　女儿是母亲的心肝宝贝，走到天边，母亲心中这条风筝线都要扯一扯，过问过问女儿、女婿过得好不好，随军后习不习惯，从雅安到峨眉天气冷不冷……

善英和裕坤一商量，请示部队领导同意后，接罗江明到部队来住了一段时间，看一看，走一走，让老人家放心。

1987年，女婿周裕坤开专车来泸县接岳母去部队看女儿、外孙女。罗江明从泸永乡刘湾出发，来到了女儿、女婿工作的地方——峨眉山总后汽车装备库，被安顿在部队家属区，和女儿住在了一起。

从未出过远门的罗江明，一个花甲已过的泸县农村老太太，第一次出门去看女儿、女婿、外孙女，心中自然高兴、快乐，进了营房见到有这么多邻居、同志，相处这么和气，这么好，知是部队教育得好，领导管得好，官兵学得好，做得好，她放心了，一百个放心。女婿在部队干得好，领导同志关系好，个人进步快，女儿随军安排了工作，她彻底放心了。

峨眉山是佛教胜地、普贤菩萨的道场，为了满足母亲朝峨眉山的心愿，夫妻俩利用节假日休息陪母亲拜问峨眉山的报国寺、万年寺。

报国寺山门为清康熙御笔亲题"报国寺"匾额，有弥勒殿、大雄殿、七佛殿、藏经楼，建筑宏伟，气宇轩昂，各殿佛像璀璨夺目，寺内有明永乐十三年（1415年）彩釉瓷佛一尊，高2.4米。报国寺从明朝始建以来，600余年间，成为峨眉山的门户，第一寺宇。善英同女儿、丈夫陪母亲进山上庙，敬香、祈福。三辈人还在大雄宝殿前合影留念。游览了报国寺，晚辈们又陪母亲缓步走到万年寺拜普贤菩萨。女婿、女儿给罗江明讲，峨眉山与浙江普陀山、安徽九华山、山西五台山并称"佛教四大名山"。峨眉山万年寺创建于东晋，时为"普贤寺"，唐朝改名"白水寺"，宋朝改为"白水普贤寺"，明代万历

罗江明与女儿陈善英和外孙女合影

皇帝改为"圣寿万年寺"。殿内有宋代铸造的普贤骑像铜像一尊，通高7.3米，重62吨，四壁小龛24个，有小铜佛像307个，这里被国务院列为第一批全国文物保护单位。

罗江明进入大殿，跪于蒲团之上，双手合十，祈祷普贤菩萨保佑普天太平、国泰民安、风调雨顺、五谷丰登；保佑儿女心想事成、事事顺心；保佑孙儿事业有成、成家立业；保佑陈氏一门无病无痛、健健康康、安居

乐业；保佑我幺女一家一生一世太太平平……她老人家想到的先是国家，然后子女、孙辈，完全没有提到自己。儿女们好，儿孙们好就是老人家的心愿。拜完菩萨，许了好多心愿，罗江明杵着峨眉山拐杖在万年寺前留下了一张纪念相片，神情自然、神态脱俗、面带微笑、身板笔直，在万年寺宇光环的映衬下，在四大佛教名山名寺的宗教氛围中，罗江明了了朝峨眉山，拜佛报国寺、万年寺的心愿。之后，她又去参观了乐山大佛。这对于一个生长在川南泸永农村的老太太来说，实乃人生一大幸事，一大善事，与佛结了缘。

罗江明与女儿陈善英在万年寺合影

罗江明在幺女和女婿、外孙女处一住就是好多个月。她想回泸县了，临走时专门下厨房点豆花，做糍粑海椒蘸水，让女儿、女婿吃一顿娘做的嫩豆花，还制作了凉拌鸡、芝麻膀、盐烧白，包了猪儿粑等几样好吃的，都是她几十年的拿手菜，全是地地道道的泸州味道。

看见一家人吃得如此开心，罗江明心满意足了。善英一边品尝母亲的家常菜——传统的农村九大碗，一边和母亲摆谈起那些年在泸永乡的时候：每年端午、中秋、过大年时，哪怕家中再穷，母亲总是想方设法也要包粽子、打糍粑，过年要吃腊肉、抢元宝，多多少少为儿女凑点儿压岁钱，还要扯新布做身新衣服来穿。有亲戚上门，邻里来拜年，还要把炒好的胡豆、红苕块、芝麻糖端出来请人尝。来的人家走还要包杂包送客……母亲是个能干人，会过日子，就连女婿周裕坤都常夸母亲是个心地善良、不计个人得失、对人热情大方和气的人，还说她也是一个心智高、有头脑、会计划生活、简朴过日子的老母亲，是儿女们的好榜样。

大哥去了农机站后，母亲有空就去帮忙，煮饭、洗衣、带孙子、打扫卫生、守电话、烧开水、看商店，忙得不亦乐乎，一点都不知道累，邻里谁不夸老妈能干、硬朗。听到别人夸她，她就露出笑脸，母亲十分珍惜一天天好起来的日子，也告诫大哥工作要讲诚信，敢担当。在母亲的支持下、全家人的帮助下，大哥的运输业越做越好，公司也越办越大。1996年善英回到立石汽车运输公司当出纳，后来周裕坤也为公司发展出谋划策，大哥的时代运业成为公路超长线客运的全国先进单位。

姑子重情义　帮衬哥嫂家

与立石场仅有一千多米的永川区吉安场，是泸（县）永（川）交界处的农贸集市，自明末清初移民填川落户、安家落业以来，立石、吉安两场之间的物资交易就十分频繁。吉安临近黄瓜山，山下产煤炭，煤炭靠人挑马驮在立石中转，因此上吉安煤厂挑煤炭的人不分男女老少，大家都凭力气挣点血汗钱养家糊口。挑煤炭卖成为泸永、永泸乡村民的衣食来源。

陈代发育有三儿一女，孩子们从小就与挑煤炭这行职业结下缘分。善新为了挣学费去挑煤，善富十三四岁为帮母亲挣点盐巴钱也去挑煤，善超、善英尽管年龄很小也跟着大哥、二哥上吉安，下煤厂去挑煤炭。陈家四个儿女都到煤厂挑煤炭，最让姑妈陈代珍心酸的是他们人小，路又远，大多都是天不亮就赶路，饿着肚子上吉安场来。

姑妈陈代珍在吉安场餐旅馆上班，孔姑爷在供销社上班，比乡下人的日子要好过些。姑妈一家子对九块田陈家有恩，灾荒年他们对陈家的救助，母亲罗江明一辈子都不会忘记的。

陈代珍今年90岁，和儿子孔繁成住在永川区奥兰半岛23层的楼房中。老人身体已大不如前些年了，儿子给她请了个保姆护理她。当我们走进她的卧室，告诉来访的目的时，她立刻精神起来。善新告诉她，请她讲一讲当年九块田陈家的那些事以及她与母亲罗江明的姑嫂情。陈代珍坐在床边，回忆起以往的年月。她告诉笔者，善新、善富两兄弟才十一二岁，读小学，大嫂拖四个娃儿，大哥代发有病，不能干活。大妈周氏是小脚女人，不能出远门。家中里里外外都全靠大嫂一个人打点，加上生产队凭工分分口粮，大嫂下地干活只算半劳动力，干一天只评五六分，给生产队喂牛加2分，娃儿放学要割100斤重牛草才挣1分，比起别人家，日子不知有多苦了。

大嫂是个勤快人，又俭省，千方百计换点米回家熬稀饭，大哥吃干一点的，娃儿吃稀一点的，她就喝点儿米汤。自留地里的菜长大了，逢场天砍来挑到吉安场上去卖，赶场人多，大嫂种的菜新鲜、大窝、价钱公道，一进市场就卖完了。来到她上班的吉安餐旅馆，两姑嫂说说话，摆摆家中事，得知一家人好长时间都不见油荤了，做梦对妈说想吃"嘎嘎"①了。大哥身体虚，没点油荤病情更重。看到大嫂又黄又瘦的样子，代珍心里难过，叫大嫂在门市板凳上坐一下，她到厨房弄一碗肉汤菜盖饭端出来，请大嫂吃。大嫂狼吞虎咽，几口就吃完了，一看就知大嫂出门前什么东西都没吃，饿急了。见大嫂要回九块田，代珍叫她等会儿，然后买了两斤酥肉，是用油渣拌豆粉炸熟的，用纸包好叫她带回去，弄点菜叶叶、萝卜煮一煮、焖一焖，让大人孩子见点油荤。

陈代珍看着大嫂挑起菜篮子，一手抹着眼睛往回走的身影，对大嫂罗江明充满了敬佩与感谢，大嫂是因为陈家老少受苦受累，陈家一大家子全靠大嫂了……

罗江明的几个儿女从小就懂事，稍大一点就帮家中做事了，放学、放假常上吉安场的几个煤厂挑煤炭挣点钱，姑妈很心疼。只要看见侄儿挑煤炭上下场经过中街铺，都要喊他们进来歇一歇，喝口水，弄来米粑粑、油糍块，整几坨酥肉给孩子吃。十来岁的孩子正是长身体，饿起肚皮挑煤炭，让当姑妈的心中难过啊。

姑妈陈代珍对笔者说，看到侄儿侄女挑煤炭挣力气钱，他孔姑爷还编了顺口溜：

> 侄儿挑炭上吉安，姑妈一见心寒酸。
> 小小儿男卖劳力，替父治病挣药钱。
> 儿女孝顺父母爱，吉安赶场割草卖。
> 姑妈爱儿心欢喜，赊碗烧白下干饭。
> 陈家老少缺劳力，不分口粮不分钱。
> 大嫂勤俭过日子，多谢吉安姑子怜。
> 送碗酥肉油汤饭，老少开荤如过年。
> ……

1990年后，侄儿善新的客运事业好起来，农村经济搞活，九块田陈家的日子也如芝麻开花——节节高。陈代珍已退休了，大嫂罗江明在泸永乡农机站帮儿善新、儿媳打点活路，还在农机站旁修了红砖楼房，屋也宽了，带信来吉安，请姑子下乡来耍，两姑嫂说说悄悄话。

---

①嘎嘎：方言，肉。

听说姑子要下乡来，罗江明早就在刘湾农机站门口等人了。两姑嫂一见面，站在门口就摆起来了。善新和罗应芳把姑妈请进屋，泡茶，端来糖果请姑妈吃，一家子人热情得不得了，让陈代珍不好意思，说："大嫂，不要把我当客人，我们两姑嫂几十年风风雨雨都过来了，也算是熬出头了。看侄儿侄女都长大成人、安居乐业、有了工作、有了自己的家，就放心了。"

罗江明拉着姑子的双手深情地说："代珍姑子啊，那些年陈家日子不好过，多亏你和孔姑爷关照。每次大人、娃儿来，没少麻烦你，送吃的，包东西回家，你那个餐旅馆的酥肉、油渣、杂羹汤可让陈家老少开了油荤，娃儿打了'牙祭'。姑子对大哥大嫂一家的恩情还都还不清哟。"

这番话是从罗江明内心深处说出的，自古俗语说得好，得君子滴水之恩，定当涌泉相报。陈代珍回忆与大嫂的情和谊："大嫂一家是乡下人，从来没有看不起她。姑嫂亲如姐妹，相互帮衬，时常往来，就是天塌下来也能顶住。世间上没有过不去的坎。"姑嫂情大于天，大半个世纪风风雨雨，她们都不离不弃、同舟共济一路走来。

善新说得好，母亲的一生是一部书，书中的章节就是母亲九十四年走过的路。在这条人生旅途上，母亲留给儿女的是一笔巨大的精神财富。

孙儿回忆祖母的土地情节

住进 29 层高的电梯大楼，面对林立的水泥钢筋房屋，祖母罗江明总是有一种说不出来的苦衷。祖母从窗户往外看，说如果有一天地上全是高楼大厦，那么城里人在哪儿去买菜吃哦，民以食为天，天天都要吃菜，没有菜下饭，饭又怎么吃得下去……

孙儿们十分理解祖母的心情，一个在乡村生活了几十年的人，对土地、田园的情结太深了，犹如生活烙印一样挥之不去，如果哪一天不与这些有灵性的事物打交道，心中就缺少了一方净土。农村中的一滴露水、一根草节、一窝蔬菜都深藏在祖母的心上，藏在祖母的记忆之中。

每当陪祖母到菜市场去转，看见从周边运来的大白菜、青菜、萝卜、土豆、南瓜、菠菜、蒜苗、小葱……祖母便去小心翼翼摸一摸，就像对待自己的孩子般，不时还与摊主聊上几句，问问菜从哪儿送来，价钱贵不贵，与蔬菜打交道，祖母脸上是开心的神情。此时，孙儿看到的是祖母脸上与菜市场新鲜的蔬菜般鲜嫩，充满着生机。

父亲请人搬了泥土，覆盖在 29 层楼顶，为祖母创造了屋顶栽花、种菜的日子。祖母上楼顶一看，好大一挑田哦！堆起来的土有两三尺厚，对于庄稼人来说，这就是生金生银的宝地。农民有了土地，生活就有了希望，一家人过得就有了生机。

楼顶菜园里，祖母安排种大蒜、韭菜、小葱、辣椒、茄子、西红柿，还打了几个窝种南瓜、冬瓜、丝瓜、苦瓜，插上竹棍点豇豆、四季豆。楼顶上纯粹就是一个微型的乡村菜园子。

父亲和母亲常说，祖母对土地、菜园子十分珍爱。土改后，九块田由自家耕种，家门前屋后的田全种的是小菜，初级社、高级社时，家中田边土角不仅种四季蔬菜，还种苞谷、高粱。人民公社时有了饲料地、自留地，全是祖母种菜，种蒜苗、小葱。后来，家搬到泸永乡刘湾，在农机站院墙边上，哪怕有巴掌大一块土，也要点窝豆子，栽窝丝瓜、南瓜，让它爬到墙上去结瓜，那是珍惜寸土寸金呀。到了立石运输公司，周围的土多了，祖母和众人又把可种菜的地方全种上小菜。因为人来客往多了，驾驶员、旅客住下来要吃饭，食材可以马上去菜地摘，既新鲜又好吃。但搬到南方大厦后，祖母住一楼，一个大厦底楼找不到一点空地方，也无地可种了。当初搬来百子图边御景苑电梯顶楼，看中的就是有个空中花园，园中可种上点小菜。

如今，祖母种菜的心愿满足了，她老人家开心了。土地是庄稼人的命根子，这话不假。自从祖母进城后，她改变了几十年的田园生活方式，改变了她与种菜结缘的习惯。她认为城里人花钱，小葱、小菜都要钱，哪有农村方便。总是想回到九块田去打理她一辈子守望的田土和家园。

在打工潮席卷农村大地的时候，多少人抛下土地背井离乡，做一名手工艺者，当一名建筑工地上的普工、钢筋工、泥工……昔日握农具的手，逐渐被致力城市工业的手取代；昔日伴之农耕的二十四个节令而春种、夏耕、秋收、冬藏的传统农业、生态生活逐渐被城市的朝九晚五、白加黑、5+2 所取代……

有经济学家大声疾呼：21 世纪以后，谁来种地、谁来种菜？当现代化工业文化挑战传统的农耕文明时，谁来守望精神家园，谁来守护土地？如今在土地流转的当下，祖母依旧没有放弃土地。当儿女们进城后，当孙辈在城市安居乐业后，土地更成为祖母固守的阵地。昔日的农具被堆放得整整齐齐，各种农耕物件被清理得干干净净，似乎在等待儿孙们，一旦他们回九块田这些农具就会派上用场。

家门前的田土要种，池塘的鱼要喂食，路边的龙眼树、荔枝树要修枝，要施农家肥，房背后山上的苕地要牵藤，瓜地要打花，田角要放水，坝中间晒谷种、豆果……祖母俨然是一位指挥农业生产的大将军，运筹帷幄、总揽全局。

祖母说，土地留着，儿孙们回家就会有粮食吃，坡上有果子可采，池塘有鱼可捕，圈中有肥猪儿杀来过年。祖母的话虽少，却实际得很，她老人家是在为我们的人生构筑最后的防线。土地是祖母的命根。人老了，时常去翻翻自己与土地、田园、山林的往事。土地给陈家六辈人带来的是生活的依靠。祖母进城后依然放心不下家背后那九块田，楼顶的小菜园让她老人家在农村与城市的纠结中，找到了喘息、抚慰的场所，也许就是一种农民母亲与土地的情怀。

寻找母亲的人生轨迹

2016 年 8 月 12 日，对陈善新来说，是一个永远都不会忘记的日子。下午 5 时许，母亲罗江明在九块田家中安详地闭上了双眼，去陪伴她的丈夫、大姐、婆婆、公爹和三儿陈善超去了……

九块田的八月，到处是一片金黄，田边土角皆是一片丰收的景象。九块田中的稻谷在风中掀起稻浪，待到挑回稻谷进了晒场，新谷新米让人人欢笑。院中的梧桐树上，飞来了金凤凰，院后坡上的那株古树与竹林，对着蓝天放声歌唱。家门前的大田、水塘，家左边那条路旁，长满了荔枝、龙眼，对门笔架山，风情流淌。

陈善新一边为母亲烧纸钱，一边为过桥灯添油。他看着母亲闭目的面容，是那样安详，那样的慈爱，心中是一阵阵心酸，养育我的母亲就这样走了，我在公司给员工讲了那么多话，却居然没有坐下来在母亲有生之年跟她多说说话。我在道路客运市场，在超长线运输行业内说了那么多经营之道，却居然不知母亲的童年、少年，不知母亲的青春、情爱，也不知母亲的快乐与悲伤和她的内心的世界。我为社会慈善事业捐助、扶贫、济困；为"5·12"汶川大地震灾民献爱心，为受灾群众送去那么多关爱，却没把对母亲的爱放在心上，总是有理由为自己开脱，"公司事多，忙！" "市场竞争，忙！" "行业组合，忙！" "为儿子的婚姻大事，忙！"那么多的日月，那么长的时光，我却把母亲的根和本忘了。

九块田陈家大院宗祠内，有一张罗江明九十寿诞时的生日照片。表情是那么慈祥，眼神是那么坚毅而淡定。照片中的罗江明，安宁、平和，温柔地看着这个世界和儿女们、孙辈们。

陈善新每逢初一、十五，都会在祠堂中，以最隆重的礼仪为母亲和陈氏先人们烧香、奠酒、祈祷。母亲是这个世界上保佑陈氏家族所有亲人的神！

男儿重忠烈，女子重贞节。

贞妇心，烈士血。

不后天地生，

不先天地灭。

迄来四万八千年，

几人忠孝堪传。

这首歌，陈善新小时候听母亲哼过。刘湾场的节孝牌坊，高山子处的尹吉甫故里坊上都刻有"忠孝仁义""百善孝为先""孝以顺为大"。

陈善新下了决心，和笔者一道去寻找母亲人生的路和生命的历程。一定要找到母亲的家族地图，找到母亲和外公、外婆曾居住过的永川县大磨乡（场）牌坊下堰塘坎老房子，找到陈家兄妹生命的来路。

2017年4月9日。泸永乡和永泸乡交界的吉安场、大磨场是陈善新母亲一生中打交道最多的几个地方，这儿留下母亲许许多多难忘的记忆。

三舅娘李素英的回忆中，把大磨堰塘坎罗家做了一个勾勒，为善新寻母亲出生地、童年、少年生活断层提供了基础。

小车师傅刘万祥把住方向盘，在泸永与永泸乡村公路上寻找。川南山村，田土各半，屋基多在湾子、嘴上、岩下、坡头……门前有塘蓄水，房前屋后种树栽竹，几株果树，竹子篱笆把一个三合头、四合院或一字排开的三五间平房围住。房门口都有一个不小的晒坝，五黄六月晒谷子、麦子，七八月晒豆子，九十月晒红薯。四时八节、婚庆寿诞日在坝中摆个九大碗流水席，几天的集会，称之为"走人户""吃八大碗""打牙祭"。以此感谢乡亲、邻里的帮助之情，以此邀约宗族、长辈来喝酒，联络本族、本房、本姓男女之情谊，于是就有礼尚往来的客家礼俗传承。

山乡的人情事故，亲戚走动、往来，犹如一条纽带，拴住了移民后裔十几代的血脉亲情，也让后辈找到了自己的根和本。

人们在走动来往之中，就发现有太多的机缘巧合，有很多命中注定无法改变的东西。机缘巧合都不是无缘无故，空穴来风，无论有什么变数，都是前世今生积下来的，有积善的，有积德的，或是积恶的，从而落于一处：种瓜得瓜，种豆得豆，善有善报，恶有恶报。

走进大磨场，场口上原有一座节孝牌坊，是清朝时建的，坊高大重檐，四柱三门，八个抱鼓成为场上孩子们玩耍的地方。老人们讲的节孝故事，成为儿时的童谣。一条老街，百十米长，清一色平房，一楼一底，木门木窗、板墙。街边处有柜台做点小生意，前店为铺，后屋堆货物，楼上住人。青石板的街子延伸出场口好远好远。赶场天的马帮、挑夫、货郎与赶场的人挤在一起，只见人头和挑子，卖和买的生意都在袖口和围裙下，经一阵比画之后成交了。场头的铁匠铺、马店子和草鞋铺总是不关门，生意起五更，夜半方关门。

从老人们的记忆中，打听到了堰塘坎罗氏族人的信息：罗家从松溉来，故称"松溉罗"。场口的牌坊是罗家孩子们的天堂，赶场天罗木匠将家什摆出售卖，男人总是带上妻儿来赶场，卖了家具，打油称盐，提上半斤烧酒，一个孩子一颗海椒样的糖含在口中，唱起儿歌又同大人回家……

罗永山、张氏的屋基在堰塘坎边上，土墙、小青瓦、木柱、木门、三合头院，一面临山抱水。从地理来看山脉、水脉、地脉冲住了屋基，有财留不住，有人难出头。祖上留给罗永山的家业，无论如何也要守住，靠木匠活手艺，支撑起一家子的生活。

在旧社会，老百姓生活贫穷，日子难过，为了生存，罗木匠不得不走村串户去找活路，去朱沱、

陈善新在堰塘坎

松溉，去江津，下重庆，走泸州，去合江到赤水……挑上工具走遍了谋生的大路小路。

春去夏来，冬来秋去，一年四季，待到年二十，回到大磨堰塘坎，一家人看着几升米，一块二刀肉，菜地里拔几个萝卜一煮，就算过了一年。

罗家到了罗永山这一代，家道败落了。病中的罗永山知自己时日不多，他对妻儿大声呼唤："不是我无本事，也不是我不会兴家，而是这个世道不公平！手艺人找不到活干，会干活的人却饿饭！有力气的男人养不活老婆儿女，家中祖上留下的几挑薄田，生不出金蛋银蛋！老天爷不睁开眼来看一看，天下穷人几时才不穷？天公你何时开眼？！"

罗永山留下一串又一串憾事，含恨命归黄泉。留下妻子张氏和儿女，以

后的日子他没法安排了，贫穷伴之罗家娘母。为了活下去，为了生存，在贫穷的十字路口，张氏做出了选择，带上儿女改嫁到了艾家……

陈善新为母亲寻根的过程中，找到了母亲的出生地，找到了自己生命的根和本，找回了儿子对母亲应有的心。母亲却永远在另一个世界，永远找不回来了。善新在寻找母亲人生轨迹和生命历程中，不止一次又一次地对人们倾诉：是儿不孝，没在母亲健在时同她摆一摆龙门阵；听一听她讲述外公、外婆在大磨场堰塘坎上那个土墙房子的家；听一听母亲童年、少年时的故事；记住母亲一生难忘的岁月。是儿不忠，没有抽出时间来与母亲叙叙旧，说说话，谈谈心；没有放下工作、事业陪母亲回老家去看一看堰塘坎老屋，陪母亲回到大磨场走一走，去认一认亲；没有在母亲晚年时与她朝夕相处，顺着她老人家心愿早一点回到九块田陈家老屋。

每当后悔之时，每当对母亲心生愧疚之时，陈善新心中总是难以平静，是儿女犯下的一次次错，一回回错，把母亲有生之年给的机会弄丢了，连母亲的人生历史都没弄清楚。悔恨只能一辈子伴随自己，并经受良心的拷问与煎熬。

此时，陈善新在不断地打听母亲、外公、外婆的身世。通过各种关系，在泸永乡、永泸乡，在松溉，在立石，在吉安场，在母亲生平留下身影和脚迹的地方打听，一有点线索，必去走访、拜问。要从母亲人生轨迹寻找到根和本。

此刻，陈善新为编写《母亲的岁月》一书，在泸县，在永川大地上寻觅；在家里存放的旧相册中去寻找母亲的影子，为母亲传记佐证。

此时此刻，此地此景，陈善新在问，不知在这个世界上，在大数据时代里，我们当中有多少人真正了解自己的父母的人生和历史；有多少人愿意了解自己父母的人生和历史；有多少人把了解自己父母的人生和历史当

堰塘坎一角

182

作快乐，当作幸福；有多少人把了解自己父母的人生和历史当作一个做儿女应有的使命。

著名作家彭学明在他的散文《这样回到母亲河》中，有这样一段文字，引发人们深省：

我们更多的人只是领导的唯命是从者，却不是父母的聆听者。

我们宁愿待在恋人亲人身边听恋人亲人说一千遍废话假话，而不愿意待在父母身边听父母多说一句真话实话。

当整个社会和时代都想权财、孩子和自己时，还有多少人在想着父母和根本？也许，我们太多的人，把父母忽略了，把根本忘记了。

当我们离生养父母的土地和生养我们的家园越来越远，越来越接不上地气和人气，越来越没有故乡和根本时，我期望在寻找父母人生轨迹和生命历程中，记住莫忘根，莫忘本，找到根，找到本。

趁着父母健在时，好好珍惜父母和亲情。父母和亲情，有时也会像雨和水，说来就来，说走就走，一去不复返的。

趁父母健在，多听听父母的人生故事，多看看父母历史的相片，了解父母的人生和历史。父母的人生和历史就是我们的人生和历史，就是我们的根和本。

我们的现在，我们的未来，都是父母的人生和历史指明的方向和来路。

不了解父母的人生和历史，就是不了解自己的方向和来路，就是没有自己的根和本。

陈善新在寻找母亲人生的根和本中，悟出了人世间的真谛：工作、事业、学习再忙碌，也要停下脚步，多回父母身边去；放弃一点功名利禄，多想想回家的路。父母是儿女成长的一条河，只有父母身上那一滴水，才会让儿女的河床永不干涸。

附录

罗江明年谱简编

罗江明，女，川东重庆府永川县乐善乡三甲大磨场新牌坊堰塘坎人。

1922年辛酉年腊月十九（1922年1月16日）子时。生于永川大磨乡堰塘坎老屋基。父亲罗永山，母亲张氏。按松溉罗氏宗谱字派："豫章吉安泰，永江庆南阳，怀荣滋世达，遵顺发源长。"为落业永川第七世，取名罗江明。

1924年：2岁。母亲罗张氏生一女，因无奶水喂养夭折。

1926年：4岁。1926年2月28日（农历正月十六），母亲罗张氏生一子，取名罗江树。

1928年：6岁。在家，陪弟弟罗江树玩。

1930年：8岁。带弟弟，做家务，去新牌坊赶场。

1932年：10岁。在家学做针线，做家务，带弟弟罗江树。

1934年：12岁。父亲罗永山病逝，为母分忧，做家务，照顾弟弟。

1936年：14岁。母亲改嫁，继父艾海清，木匠，弟改名艾树全，家住立石新瓦房。

1937年：15岁。做农事，理田土，学刺绣。

1938年：16岁。理家务，学裁剪，做衣服，干农活。

1942年：20岁。在家守罗家老屋，农忙做田土，农闲种小菜，挑到吉安场、大磨场去卖。

1944年：22岁。做针线活、刺绣，做衣服、鞋子，贴补家中生活。秋后上公粮去松溉、朱沱。

1945年：23岁。于10月嫁立石大塘共河九块田陈代发为二房妻。

1947年：25岁。农历三月十三日，在九块田屋基生长子，取名陈善新。农历十月二十九日，婆婆史氏病逝（1896—1947年），享年51岁。

1948年：26岁。4月中旬丈夫陈代发顶壮丁，换回十来岁的小兄弟代文。5月初，去石洞师管区司令唐三山处给他小老婆当佣人，求司令放了陈代发。9月丈夫陈代发趁部队管理松懈之时，从重庆朝天门码头逃跑，回到九块田。

1949年：27岁。4月28日，在九块田屋基生二子，取名陈善富。10月中旬，丈夫陈代发由乡党推举当上代理保长。12月3日，泸县解放。12月4日，永川县和平解放。

1950年：28岁。3月，征粮工作队5人在吉安场被土匪关押，陈代发救人连夜送到朱沱找大部队，返回泸永被土匪追杀，逃过一劫，身患内伤，到家调理。寻医找药为丈夫治病。4月下旬，人民解放军围剿土匪巢穴太平寨，代发动员乡亲支前，带路消灭土匪。6月，兄弟艾树全，原名罗江树，续配妻李素英，富顺怀德大成罗下湾人。

1951年：29岁。4月16日，祖母管氏仙逝（1872—1951年），享年79岁。6月，土改工作队进村，陈家为自耕自种划为中农成分。

1953年：31岁。11月17日，生三儿，取名陈善超。

1956年：34岁。8月24日喜得一女，取名陈善英。

1958年：36岁。成立人民公社，实行大锅饭，全民挣工分。

1959年：37岁。谷撒地，苕叶枯，青壮炼铁去，割禾童与姑。

1960年：38岁。灾荒年，靠救济粮、野菜、树叶、蔗渣度荒年，多亏姑子陈代珍救助渡难关。

1962年：40岁。自留地按人头划，陈家日子有所好转。

1964年：42岁。三级核算，队为基础，挣工分，年终分粮，陈家无全劳力，日子艰难。

1965年：43岁。长子陈善新中学毕业，回乡务农。

1966年：44岁。儿子陈善新进了泸永公社（乡）农机站，从机手、副站长到站长，一直干了十年。

1967年：45岁。11月27日，长子善新与罗应芳结婚。后生子明楷、明刚、明伟。

1969 年：47 岁。9 月 24 日，二子陈善富结妻艾国秀，生子名泉、名友，一女名贵。

1976 年：54 岁。3 月 30 日，丈夫陈代发病逝（1914—1976 年），享年 62 岁。4 月 25 日，三儿善超病死（1953—1976 年），年仅 23 岁，白发人送黑发人。

1980 年：58 岁。2 月，幺女善英嫁吉安镇铜凉八队周裕坤为妻。1985 年随军雅安、峨眉。

1983 年：61 岁。善新辞去公职下海搞个体专业户。

1985 年：62 岁。大姐周道清逝世（1912—1985 年），享年 73 岁。陈家在刘湾农机站旁修了一幢红砖楼房，乡里称之"农家万元户"。

1987 年：65 岁。3 月，女婿周裕坤派专车来接丈母娘去峨眉探亲，看女儿、外孙女周娟。5 月，女婿、女儿、外孙女陪同游峨眉山报国寺、万年寺、乐山大佛寺。

1997 年：75 岁。从刘湾农机站红砖房迁立石运输公司。

1999 年：77 岁。3 月 8 日，二儿善富续配妻裴方碧，生一女名茹。

2000 年：78 岁。长子陈善新组建四川省泸州时代运业有限公司，任董事长兼总经理。

2002 年：80 岁。从立石运输公司迁龙马潭区龙南路南方大厦，住底楼。

2005 年：83 岁。1 月，与外孙女出席泸州现代运业集团立石汽车运输公司荣获"青年文明号"颁奖典礼。迁江阳区百子图御景苑电梯公寓 29 楼住。

2007 年：85 岁。农历腊月二十一日，弟艾树全病逝（1926.2.28—2008.1.28），享年 82 岁。有妻李素英，子艾国良，孙艾修金。在电梯公寓 29 楼顶建花园、菜园子。

2008 年：86 岁。5 月 12 日汶川地震发生，波及泸州城，孙儿明伟背着她从 29 楼下到地面安全处。

2010 年：88 岁。7 月 22—30 日，在儿善新、媳妇罗应芳、裴芳碧，孙儿明刚、女善英、外孙女周娟、外孙女婿袁泉的陪同下参观上海世博会址、东方明珠广场、军港。

2011 年：89 岁。6 月，善新任泸州中实投资集团有限公司董事长。

2013 年：90 岁。1 月 30 日，儿女、儿媳为母亲举办 90 岁生日庆典，罗江明发表生日感言。

2015年：93岁。农历三月二十五（5月13日），九块田陈家重修房屋动土动工修建。9月20日，新房主体工程完成。10月20日，陈家举行乔迁之礼，晏佑笙先生题《陈家院赋》，罗江明迁回陈家院。

2016年：94岁。2月6日，乙未年腊月二十八，进城与儿孙、儿媳过年，节后回九块田陈家院。3月，请三舅娘和几位老姐妹来陈家院打牌、吹牛、吃饭、度晚年。5月，川南陈氏宗亲联谊会年会，热情接待四方宗亲来。6月，移民文化研究会各姓氏代表前来做好接待。7月初，身体不适，医院查出胆结石，住院治疗病情好转。7月中，发现胃疼，吃了些胃病痛药，为加大疗效，把药渣都吃了，不消化导致发炎，第二次住院，病情好一点又急忙出院回九块田。8月10日，原定去孙儿明楷婚礼祝福，力不从心，只好在家祝福新人。11日上午病发，送吉安镇卫生院，确认胆结石炎症复发，输液导尿。12日上午10时，对善英说："你也尽孝了，不要留我了，两年前我就为自己安排好后事，不要麻烦大家了，快把我送回家。"8月12日下午5时许，在九块田陈家院仙逝（1922—2016年），享年94岁。8月21日（丙申岁七月十九日），陈氏宗亲、乡党、邻里及各界1600人参加罗江明悼念活动，墓园选择在九块田陈家院后侧安葬。

穿越百年时空　走进母亲的岁月 (后记)

那是 2006 年的秋天，笔者经《四川交通报》泸州记者站罗良毅先生、华小平记者介绍，走进了首创泸县道路客运超长线泸州时代运业有限公司董事长，全国交通运输行业十佳优秀企业家、省人大代表、市县政协委员的农民企业家陈善新的创业人生天地。他的创业、事业伴随中国改革开放三十年的历程一路走来，成为市县、全省、全国著名的农民企业家。

2008 年 1 月，以陈善新为主人翁的报告文学《平凡人家》由北京中央文献出版社出版发行。这期间，笔者认识了陈善新的母亲罗江明，她是一位慈祥、善良、热情好客的老太太……

2013 年初，笔者再次与陈善新交谈，了解到他刚从中央党校民营企业家高级研修班毕业学到了新思维、新理念，并将运输企业的可持续发展、多元发展进行新一轮的创业实践。他和他的企业团队走进新时代，在道路运输行业激烈的竞争中又一次占领了市场的制高点。

2013 年 8 月，一本名为《一个中国农民的梦》的人物传记问世，被列入全国 100 种正能量优秀图书在北京展出，并荣获 2014 年度"第十六届北方十五省、市文艺图书奖"特等奖。前外交部部长李肇星在中央党校民营企业家高级研修班毕业典礼上，很高兴地与陈善新合影留念，希望这位中国农民企业家为中华民族伟大的复兴共筑中国梦。

也是这年，笔者在采访陈善新一家时，有幸参加了他母亲的九十寿宴，听寿星罗江明的庆典发言，讲她人生九十个春秋的故事，她的人生完全可以用一部长篇来叙写，每一页都可圈可点，让人为之惊叹。老人家身板硬朗，耳聪目明，头脑清晰，思维有序。

罗江明回忆说："自己出生于伪政府时期，那年月老百姓受穷受苦，生活艰难，我丈夫被拉壮丁，老少日子无依无靠，我外出帮人，当小市石洞师管区唐三山的小老婆的佣人，为的是求她放了我丈夫，受尽刁难，泪水往肚子里流。解放后，穷人翻身当家做主才过上好日子。我要感谢毛主席、共产党，感谢邓小平同志改革开放政策好，我的儿子、儿媳，孙儿、孙媳，女儿、女婿，外孙女、外孙女婿个个有本事，有能力，工作干得好。儿孙个个有孝心，对我很关心，我很满意。今天，我儿为我办生，弄得这样热闹，我高兴得很。我要感谢亲朋好友来看我，来祝寿，谢谢了。"

听了老人的讲话，十分感叹，她90年的人生岁月，走过中华民国，走过20世纪五六十年代，走过改革开放的四十年，走进为中国梦、为实现民族伟大复兴的新时代，她是一个幸福的老人。

后来，善新被推荐为川南陈氏宗亲联谊会的会长，各市县区的陈氏宗亲活动、寻根认祖、编修家谱、湖北湖南寻亲、移民文化研究会在九块田陈家院成立，罗江明老人作为会长母亲，在家热情地接待八方来宾。她的热情待客之道在川南宗亲会、移民文化研究圈中享有口碑，受到专家、学者的尊敬，给全国各地的朋友留下深刻印象。

2016年8月，笔者依据习近平总书记"要做好煤炭这篇大文章"的指示，与泸州市煤炭工业局的包建刚科长一行在古叙矿区调研泸州煤炭工业的发展历程期间，于13日接到晏佑笙先生打来的电话，告诉笔者善新母亲罗江明于8月12日下午17时在九块田家中过世，终年94岁，灵堂设在陈家院……因公务在身，不能返回泸县悼念老人家。是夜，在古蔺县安监局、煤管局借陈烈的办公室撰写《悼陈氏罗母老夫人》表达哀思之情：

丙申年七月初十祭：陈氏义门裔孙泸生谨以清酌嘉果之奠，奉祭于故罗氏立石艾大桥村九块田江明老夫人之灵。

恭闻夫人有清穆之德，皓洁之行，淳懿肃恭，内外仰则。而道风素范蕙，敷兰滋用。能惠心光浮，氤氲梁莋，崇严壼训，芬郁母仪，中馈柔嘉，娣姒有则。

今泸永故里，数尺素帛。一炉香烟，耿宾从之，云归俨盘，含怀旧报，抚事新伤，植玉来归，已轻于旧日。立珠报惠，宁尽于兹辰。

陈门罗氏，爱深犹女，思切妇道，冰霜永恸，坤维范例。草菱土堙，灯尽酸辛，飞鸟深鱼，遥添怨咽，哭于贵贱，形于尊卑。母道有在，积慈余庆。心有扬名，春夏之相，四时见代，尚动于情。

呜呼！吉辰幽殡，墓木已拱，尊灵廓然。老夫人容像如在，器质已灰，改卜宅兆，方迁佳城，既列祖载行焉。哀子号啕，女也蝉媛，于天永诀，泣血流连。泸生谬承嘉惠，预叨宗亲，生事早睽，送终空积。窃闻精意以哀黍稷非馨，取陈薄醇以献明灵。伏惟陈老夫人罗江明明神尚飨。

泸生古叙遥祭，叩首，拜别

2017 年初春，陈善新为母守孝中，打来电话，请笔者为他母亲近一个世纪的人生作传，传于子孙后代。

我没想到的是，一个著名的中国农民企业家，在追求中华民族伟大复兴梦的同时，拥有一颗弘扬母爱精神，传播孝道文化，坚守文化自信的坚定之心。他电话中说，将母亲 94 年崇德向善、见贤思齐的高尚品德，一生坚守传统文化的优秀礼仪；孝悌忠信礼义廉耻的陈氏家风、家训、家规记录下来；把母亲一生讲仁爱、重农耕、守诚信、崇正义、尚和合、求大同的品质、道德、操行记录下来；把母亲敢于担当、不怕艰苦、朴素勤俭、和睦乡党、友善邻里、教育子女、鼓励儿孙向上向前、精忠报国的爱国主义情怀——记录下来，成为陈氏一部家史传下去……

听完陈善新要为母亲写书立传的这番话，笔者被深深地打动了，电话中就答应了他的邀请。

从 1 月到 4 月，在善新的陪同下，笔者先后到泸县原凤仪乡、安贤乡的立石站、土主场，泸永乡的刘湾观音场、贯牛嘴、艾大桥村的九块田，重庆市永川区、仙龙、大磨、吉安、王坪、松溉、朱沱去采访了解和熟悉罗江明生平的老人，通过座谈、走访、电话、口碑、回忆搜集资料，了解与罗江明有关联的人和事。在无数次的走访中，在家人提供的口碑和图片中，在三舅娘李素英、九孃陈代珍的回忆中，在与儿女、儿媳、女婿的交谈中，在晏佑笙老先生代书的"家奠文"的字里行间，特别是对善新一次又一次回忆母亲生平的点滴往事进行梳理，用时十余天，拿出《母亲的岁月》的故事大纲万余字。

罗江明（1923.1—2016.8），重庆市永川县（今永川区）乐善乡三甲大磨场新牌坊堰塘坎屋基出生。父亲罗永山，木匠为业，母亲张氏操持家务、照顾儿女，一家五口（后一女夭折），经济不宽裕，勉强可以度日。父病重无力支撑家中妻儿生计，罗江明懂事早，帮做家务照看弟弟。父亲病故后，母亲改嫁艾家，弟也改姓，她在大磨堰塘坎守住罗家祖业，一个人守家过日子。抗战胜利那年，嫁到九块田陈家成为代发二房妻室。婚姻是罗江明人生的转折，从陈家孙媳、儿媳、人妻到人母角色更替，自从丈夫因救征粮工作队队员去朱沱找大部队，返回路上被土匪追杀，为逃命，途中摔伤，内脏、骨节受到创伤失去劳动力，从此家中生活重担全由她一人担起。国家经济三年困难时期，公社凭劳动工分实行分配。陈家一家老小，无一个全劳力，罗江明再能干也只算半个劳动力，年终分粮无几，只求救济粮、野菜、树叶、蔗渣、苕根度日。"文化大革命"时期泸州武斗，农村较为平静，陈家靠自留地种小菜，做点小生意和靠亲戚施舍，儿女们上吉安场挑煤卖，挣钱买盐巴过生活。

1978年12月18日，党的十一届三中全会召开，纠正了以阶级斗争为纲的错误路线，把全党工作的重点转移到社会主义现代化建设上来。农村经济搞活，解决亿万人民吃饭是头等大事。中国改革开放的春风沐浴大地，农业机械化给川南泸永乡农机站带来活力。陈善新进了农机站工作，是陈家一个大变化，使母亲罗江明从此看到了希望。

改革开放几十年，罗江明见证了国家的大变；看到陈家老少在党的方针政策下把一个农民的企业一天天做强做大，九块田陈家也发生了翻天覆地的大变化。

笔者沿着罗江明94年的人生轨迹，走进生于斯长于斯的泸（县）永（川）两地交界的黄瓜山、大鹿溪流域，三溪水库区、艾大桥水库的干支渠滋润着广袤大地，翻开尘封的历史长卷，穿越时空，去寻觅罗江明老人给九块田、给陈家、给儿女们、给孙辈们讲述的故事。

这部传记文学作品，以主人翁近百年的时代背景为红线，展现母亲罗江明及陈氏家族、罗氏与艾氏家族在移民填川入川南，落户创业、守业曲折沉浮、悲欢离合、家国情怀。以母亲的岁月长河反映她青少年时代的不幸与坎坷，出嫁后以一个小女人的身份与陈家祖母、婆婆、丈夫、大房周氏、两个小叔子、两个小姑子相知相处的人生短曲。后来生了三儿一女成为人母之后，含辛茹苦把他们拉扯大。看见儿女成家立业，又有了孙儿孙女，孙辈又长大成人、结婚生子，她有了重孙，成为好大一个家的女主人，且还实现了她追求的新房梦、幸福梦。

她94年的历程中，遵循家族传承二百年的家风、家训、家规，忠孝礼义诚信仁和。她先后以传统的祭祀之礼送走了婆婆史氏，祖母管氏，后又送走丈夫陈代发、大房姐姐周氏，送走兄弟艾树全，成就了她一生"孝妇事亲，居则致其敬，养则致其乐，病则致其忧，丧则致其哀，祭则致其严"的传统妇德，为族人和邻里传颂。

《母亲的岁月》这部传记文学作品，运用川南方言来表达泸永两地地方的独有风土人情。书中的民谣、儿歌、竹枝词、吉利子、四言八句是一种地方韵味，而地方习俗、民情、乡土、乡音不仅是一种乡愁，更是母亲对故土的一种记忆。

在落笔之时，笔者由衷地感谢为这部传记文学作品提供资料、口碑、图片、信息以及讲述罗江明老人94年经历的亲闻亲见者，他们是罗江明兄弟艾树全的妻子李素英（89岁）、罗江明在吉安场中街铺的小姑子陈代珍（90岁）；知情者晏佑笙老先生、刘万祥、唐云清、邓莉，原泸永乡大塘村、今艾大桥村村民周西涛、彭岳远（72岁）、刘永洪等，特别致谢陈善新、陈善富、陈善英、周裕坤先生，感谢陈氏宗亲会各房族长、族正、房长的大力支持。

陈鑫明

2019 年 7 月 9 日四稿